Mathieu Schaller

Le Trésor des Passions

Le puma perdu

Tome 1

© 2022 Mathieu Schaller. Tous droits réservés.
Retrouvez le patrimoine historique suisse sur
mon site www.emixplor.ch

Édition : BoD – Books on Demand, info@bod.fr
Impression : BoD – Books on Demand, In de Tarpen 42,
Norderstedt (Allemagne)
Impression à la demande

Illustration : design9creative (prestataire Fiverr)
(Police des titres: Vectis W01 made from http://www.onlinewebfonts.com/)

ISBN : 978-2-3224-5190-6
Dépôt légal : novembre 2022

À propos de l'auteur

Né à Lausanne en 1993, Mathieu Schaller adopte très tôt un attrait pour les démarches créatives. Nourri d'une imagination florissante, il laisse son esprit construire des intrigues puisant leur source dans des sujets importants à ses yeux.

Animé d'un vif intérêt pour les lieux anciens et le patrimoine, il observe depuis toujours avec admiration les monuments historiques et autres vestiges du temps passé, n'hésitant pas à les visiter si l'occasion le lui permet. L'envie de partager avec autrui ses connaissances et découvertes le mène à l'ouverture de sa chaîne YouTube *Emixplor* pour présenter les endroits qui le fascinent. Parallèlement, il se lance dans la rédaction de son premier roman, *Le Trésor des Passions*, récit qui lui permet d'explorer une nouvelle façon de partager les monuments du passé.

Avertissement

Le récit se base en partie sur des faits historiques. Pour les besoins de la narration, j'ai pris la liberté d'y ajouter des éléments fictifs. Les lieux visités par les protagonistes se veulent en grande partie inspirés du monde réel. Cependant, en raison du temps nécessaire à la rédaction et à la finalisation de l'ouvrage, il se peut que ceux-ci aient changé depuis. Certains endroits sont également issus du fruit de mon imagination, mais j'ai accordé un grand soin à leur description afin qu'ils paraissent authentiques à vos yeux.

Les protagonistes de l'histoire possèdent des croyances et valeurs qui leur sont propres et en aucun je ne les revendique à titre personnel.

CHAPITRE 1

La vaste plaine qui s'ouvrait devant eux ne cessait de se dévoiler à mesure que les soldats avançaient, encerclés par les hautes montagnes qui gardaient la vallée. De grands prés d'un vert éclatant s'y étalaient entre arbres touffus et rochers saillants, offrant leur fraîcheur à quelques troupeaux d'alpagas. Plus bas, au pied des versants, quelques cultures en terrasses s'étageaient jusqu'au milieu de la plaine que venaient irriguer différentes rivières plongeant depuis les sommets. Accrochant l'horizon tels des pics acérés, les toits de Cajamarca se dressaient par centaines loin devant eux, crevant le plateau andin baigné par la nuit approchante.

Depuis des semaines, la troupe marchait infatigablement dans ces contrées inconnues, et elle s'était depuis bien adaptée aux conditions extrêmes de ces régions. Cependant, aucun homme ne relâchait sa vigilance : l'empire était toujours déchiré par la guerre de succession opposant les deux frères Huascar et Atahualpa.

— Halte ! tonna le cavalier qui devançait le groupe, levant aussitôt un bras de côté.

La colonne s'immobilisa dans un cliquetis de métal et de sabots, et tous les soldats se tournèrent vers celui dont ils dépendaient tous. La tête bien droite, coiffée d'un casque orné de plumes, l'homme de front promenait son regard devant lui. Pourquoi briser l'élan de victoire qui les portait ?

Un léger souffle parcourait la large étendue de terre, faisant bruisser les branches des arbres tel un râle de souffrance avant de se fracasser contre les murs de Cajamarca. Le calme étrange qui régnait dans la vallée — presque surnaturel — se liait au silence des soldats, et ce couple semblait en ce moment indissociable, retenu simplement par l'homme à l'épaisse armure qui gardait impassiblement son bras tendu.

Perché sur son cheval, Francisco Pizarro scrutait la plaine, arpentant du regard les hautes montagnes qui ceinturaient la ville dans laquelle brillaient une infinité de lueurs. Les lieux se révélaient stratégiques : si, par malheur, un garde avait donné l'alerte, leur entrée serait à sens unique. Il n'avait pas le droit à l'erreur. Une fois à l'intérieur, toute fuite deviendrait impossible sans subir de lourdes pertes...

Il se tourna alors vers les nombreuses têtes qui le fixaient, couvertes de casques et de heaumes étincelants. Chacun de ses soldats s'était montré jusqu'alors irréprochable, ils avaient triomphé sur tous les plans, et c'est le cœur empli d'espoir qu'ils avaient entrepris cet interminable chemin vers les portes de Cajamarca. Une lueur de fierté passa dans les yeux de Pizarro qui orienta à nouveau son regard vers les toits lointains. Le moral des guerriers se trouvait au plus haut, et rien dans cette vallée ne laissait penser que les Incas se doutaient de quelque chose. L'heure était venue d'apporter la vérité et la chrétienté à ce peuple indigène.

— En avant ! clama finalement l'homme de tête, brandissant le poing vers la ville qu'on eût dit endormie alors que se réveillaient les sabots des chevaux.

Renforcés par ce court arrêt, l'espoir et la volonté des soldats formaient maintenant un véritable bouclier invisible. À présent, *c'était une armée de conviction qui avançait vers le triomphe, blindée de cuirasses et d'artillerie, lesquelles arrachaient des éclairs au soleil déclinant derrière les montagnes, à l'image de l'Empire inca. Bientôt, toutes ces contrées rejoindront le Saint-Empire, et nul ne pourra plus s'opposer à l'autorité suprême de son monarque Charles Quint.*

Luis reposa le livre sur la table et baissa les yeux sur ses mains. De légers tressaillements parcouraient sa peau sombre qu'une mince pellicule de sueur venait couvrir. Ce phénomène ne le surprit pas ; il avait déjà remarqué de nombreuses fois comment son corps réagissait à des sujets aussi passionnants.

Extirpant son esprit des landes péruviennes, Luis redressa la tête. En dépit du soir approchant, une puissante lumière pénétrait dans la salle de lecture de la bibliothèque par les hautes fenêtres en voûte, arrachant des ombres étonnantes aux fantastiques ornements des boiseries qui couvraient le plafond. La pièce s'était considérablement remplie depuis qu'il s'y était installé, mais le silence légendaire propre à ces lieux avait été remplacé par le froissement des pages qui se tournaient, le griffonnement de stylos sur du papier et les doigts qui pianotaient frénétiquement le long des claviers. Des personnes déambulaient sans arrêt entre les tables, portant sous le bras quelques ouvrages spécialisés, un léger courant d'air dans leur sillage.

Il avait passé tout l'après-midi ici, les yeux penchés dans ce bouquin formidable. Il n'y avait pas d'endroit meilleur qu'une bibliothèque pour assouvir sa passion : l'histoire. Dès qu'il disposait d'un moment libre, Luis se plongeait dans l'étude d'un événement du passé. Il n'avait jamais vraiment su dire avec exactitude d'où lui venait cette soif de découverte, mais il supposait que c'était grâce à son père.

Luis était alors encore enfant et vivait avec ses parents au Kenya, leur pays d'origine. Son père, qui avait quitté son village natal pour la ville, travaillait à cette époque dans un institut de recherches historiques, en partie lié à l'état kényan. Tous les soirs, le garçon se précipitait vers lui pour s'enquérir de ce à quoi il avait œuvré et, bien souvent, celui-ci lui racontait ce qu'il était en droit de dévoiler. C'était un homme de parole, sincère et juste. Luis l'avait d'ailleurs toujours considéré comme un modèle et aujourd'hui encore, il voyait en lui-même une partie de sa personnalité. Vers ses douze ans, Luis et sa famille avaient quitté l'Afrique pour s'établir à New York, mais lui-même n'avait jamais compris la raison de ce déménagement. Il savait seulement que ses parents avaient décroché un très bon poste dans le service des archives de la ville. Malheureusement, moins de deux ans plus tard, alors que Luis s'habituait à cette nouvelle vie en Amérique, il avait trouvé devant l'entrée de son immeuble plusieurs véhicules de police. Cette dernière était venue en force pour établir le constat de décès de ses parents, tous deux retrouvés morts par balles dans l'appartement. Plus tard, on lui expliquera qu'ils avaient tenté de divulguer des documents secrets à des inconnus et que la brigade fédérale avait été obligée de les abattre pour les arrêter.

Luis s'était alors réfugié dans la rue, fréquentant une bande de caïds qui lui offrait une nouvelle famille. Tout ce qu'il avait connu jusqu'alors n'avait plus d'importance, et il voulait seulement prouver au monde qu'il n'avait besoin de personne…

Lorsque la furie des épées et des cris d'agonie s'atténua, la nuit était déjà tombée. Seules les torches flamboyantes des conquistadors balayaient de leur lueur tremblante les corps éventrés qui jonchaient la place centrale de Cajamarca, perforés de mille feux par les canons espagnols. Le sol dur qu'avaient dignement franchi les Européens la veille pour rencontrer l'empereur Atahualpa était désormais imbibé de sang, et la violente pluie qui s'était invitée depuis se mêlait à la masse visqueuse pour souligner le malheur du peuple inca.

Constitué prisonnier par Pizarro, l'empereur inca fut emmené jusqu'à son palais, occupé depuis peu par les Espagnols. L'Inca avait dû y fêter bien des victoires ces derniers temps, dans le conflit de pouvoir qui l'opposait à son frère Huascar. Mais maintenant, le triomphe ne lui appartenait plus, et dans sa tête résonnait le tintement métallique des armes amérindiennes que venaient déposer les Espagnols, lui rappelant douloureusement les nombreux combats où elles avaient su se montrer efficaces.

— Mon prisonnier, tu peux être fier d'avoir lutté face à mes troupes, les dignes représentants du puissant Saint-Empire Romain Germanique.

Profondément marqué par sa défaite, Atahualpa resta de marbre devant ce propos, le regard perdu sur le tas d'armes qui ne cessait de croître au pied de Pizarro.

— Depuis trop longtemps, vous avez vécu dans l'ignorance de la vérité, mais cette période sombre est à présent terminée. Dès aujourd'hui, ton empire appartient à Charles Quint et est rattaché au Saint-Empire sous le nom de Nouvelle-Castille. En tant que Gouverneur de ces régions, il est de mon devoir de vous apporter la Sainte Parole.

Enfermé dans son propre palais, Atahualpa ne tarda pas à se rapprocher des hommes de l'Ancien Monde et se mit à leur narrer le passé de son peuple. Il leur décrivit l'origine légendaire des Incas selon laquelle leur premier représentant, Viracocha, serait sorti des eaux du Lac Titicaca pour créer le monde. Puis il parla des guerres, des prises de pouvoir qui s'ensuivirent. Il raconta comment ses ancêtres avaient annexé de vastes territoires jusqu'à former l'un des plus formidables empires de toute l'histoire de l'humanité. Aucun événement ne fut oublié, et l'empereur déchu s'étala même longuement sur des explications détaillées concernant l'organisation mise en place pour maintenir l'ordre dans ces gigantesques contrées. Mais Pizarro n'écoutait plus. Sa concentration s'était envolée bien avant, lorsque le chef inca avait évoqué la seule chose qui l'intéressait réellement, ce pour quoi il avait été envoyé aussi loin de son Espagne natale...

L'or. L'argent. Les pierres précieuses.

Luis dévora encore quelques pages, incapable de décrocher du fascinant récit. À vingt centimètres de ses mains, une autre pile de livres attendait patiemment leur tour, mais celui qu'il avait sous les yeux en ce moment méritait sa plus grande attention. Le poisson ferré était bien trop gros pour être si vite relâché…

Il releva finalement la tête vers les larges fenêtres qui découpaient le mur et, ce faisant, n'importe qui eût été ébloui par l'intense lumière qui en jaillissait.

N'importe qui sauf lui.

Son esprit voyageait ailleurs, à des milliers de kilomètres plus au sud de New York. Il imaginait toutes ces richesses, ballottées à travers les Andes. Combien de trésors inviolés se cachaient encore dans ces montagnes si mystérieuses ? Comment un peuple avait-il pu bâtir un empire aussi puissant au cœur de ces contrées sauvages ? Comment cette immense civilisation avait-elle pu être anéantie par une poignée d'hommes venus de la mer ?

Perdu dans ces réflexions, Luis revint soudainement à la réalité en voyant le cadran de l'horloge.

18 h 52.

— Merde ! s'exclama-t-il en se levant d'un bond. Merde, et merde !

Il referma le livre d'un claquement sec et le posa au sommet du tas devant lui, s'apercevant finalement que tout le monde les regardait, lui et sa pile de bouquins.

— Je vous demande pardon.

Il ramassa d'un geste les livres et son sac à bandoulière, prit rapidement la direction de la sortie et déposa au passage les ouvrages qu'il n'avait pas consultés, emportant seulement celui dans lequel il s'était évadé.

Comment ai-je pu oublier ? se reprocha Luis en passant une main dans ses cheveux ras.

Avant-hier, lui et ses deux proches amis avaient convenu de manger ensemble dans leur restaurant favori, non loin de Central Park.

Il suivit d'un pas hâtif la 5e avenue sur quelques centaines de mètres avant de s'engager dans une rue latérale. Vingt mètres devant lui, l'enseigne du *Jackson's Dinner* colorait déjà les environs de sa lueur verdâtre alors que, sur la Grande Pomme, le crépuscule s'annonçait peu à peu. Il s'engouffra dans le restaurant et repéra très vite ses deux amis, assis à une table sur la gauche au fond de la salle. La longue chevelure châtain de Stacy lui sauta immédiatement aux yeux.

Stacy Cooper, trente ans, était une jeune femme au physique sportif. Luis l'avait d'ailleurs toujours connue comme une joggeuse assidue et, malgré les études de médecine qu'elle avait initialement entreprises, il ne l'avait jamais vu négliger cette pratique. C'était une personne qui comptait énormément pour lui ; grâce à elle, Luis avait pu reprendre le contrôle de sa vie qui, peu avant sa majorité, s'annonçait plutôt morose. Il purgeait alors une peine de prison pour une infraction commise avec le gang qu'il côtoyait à cette époque. Elle seule avait su lui redonner la confiance et l'envie de sortir de ce mauvais pas. Il avait ainsi été libéré plus tôt et tous deux avaient ensuite passé des moments très agréables avant de se mettre ensemble, deux ans plus tard. L'histoire n'avait pas duré très longtemps, pourtant Luis considérait aujourd'hui encore Stacy comme son unique amour, et il savait que jamais personne ne la remplacerait. Mais à présent, elle était mariée et vivait de l'autre côté de l'Hudson, dans le New Jersey…

Luis s'approcha d'eux et déposa son sac contre la chaise.

— Désolé du retard, lança-t-il en s'installant à leur table. Tout le monde va bien ?

Ils levèrent les yeux vers lui. En face de Stacy se trouvait Eddy, qui mesurait bien une tête de plus qu'elle. Celui-ci lui adressa un large sourire.

Les deux hommes s'étaient rencontrés pour la première fois durant leur adolescence. Eddy avait rejoint la même bande que Luis environ deux ans après, et tous deux s'étaient immédiatement liés d'une profonde amitié. Ensemble, ils avaient à cette époque commis des actes peu recommandables, mais Eddy avait aussi su devenir un repère pour le jeune Kényan, un appui sur lequel il avait pu compter jour après jour. Il venait d'un milieu plutôt aisé et avait reçu une éducation exemplaire. Grâce à sa situation, Eddy avait apporté à Luis un nouveau souffle et avait commencé à lui redonner confiance en la société. Pour son plus grand malheur, les parents de son ami avaient déménagé l'année suivante en changeant complètement de quartier. Il s'était ainsi séparé du gang pour se concentrer à ses études, mais il retrouvait Luis à intervalles réguliers. En réalité, Eddy avait été profondément marqué par l'histoire du jeune Africain et, au fond de lui, il devinait une personne juste et sincère.

— Alors, Eddy, quoi de neuf ? demanda Luis à son ami en s'asseyant.

Ce dernier soupira, passant une main sur le filet de barbe qui entourait sa bouche.

— Toujours la même misère. Je sais plus ce que je dois faire pour bien faire.

Suite à de nombreux déboires financiers, le New-Yorkais s'était résigné quelques mois plus tôt à définitivement abandonner ses ambitions d'ouvrir son propre commerce. Il avait depuis dilapidé tout son argent en profitant de la vie, dépensant sans compter pour s'offrir des disques fameux ou se rendre à des concerts de jazz, une musique qu'il appréciait tout particulièrement.

— Je gratte les centimes sur mes vinyles, plaisanta-t-il.

Stacy échangea un regard soucieux avec Luis. Tous deux s'inquiétaient depuis peu de voir leur ami plonger ainsi vers une précarité dont il semblait lui-même ne pas avoir conscience. Ils avaient quelques fois tenté de le raisonner, mais Eddy leur disait toujours qu'il avait déjà perdu trop d'argent pour rien et préférait profiter du peu qu'il lui restait.

— J'espère que tu collectionnes les disques de platine, répondit Luis, jouant sur le même ton que son ami. Et toi, Stacy, ça roule à la maison ?

— Oui, oui. Rien de spécial…

La jeune femme fixa la petite plante posée au centre de la table, les pensées en balade.

— Et Chris ? ajouta Luis. Est-ce qu'il…

— Raconte-nous donc ce qui t'a tellement occupé tout à l'heure, le coupa-t-elle alors en souriant malicieusement.

Luis plongea ses yeux dans ceux de son amie quelques secondes. Pourquoi ne leur parlait-elle jamais de Chris ?

Chris était le mari de Stacy. Ils ne l'avaient vu qu'à une ou deux occasions, et chaque fois la même impression de mystère les avait envahis. C'était un homme très réservé à l'air brutal qui ne semblait pas vouloir discuter avec n'importe qui. Parfois, Luis se demandait comment Stacy — une jeune femme si vive et ouverte — pouvait supporter ce gaillard. Mais il se rappelait alors qu'il n'avait qu'une maigre vision de Chris sans doute erronée et mettait ces interrogations sur le compte des sentiments qu'il avait conservés pour son amie.

Il tourna le regard vers Eddy qui, les bras croisés, attendait également d'en savoir plus sur la raison de son retard.

— Et bien, commença Luis, hésitant. Je ne veux pas vous décevoir, mais…

Le serveur arriva à ce moment pour prendre la commande, et Luis patienta jusqu'à ce qu'il se fût éloigné avant de poursuivre.

— Il n'y a rien de particulier à raconter. Il s'agit d'un banal livre.

— Arrête ! s'exclama Stacy, sagace. Tu étais tellement occupé que t'as oublié notre rendez-vous ! Il faut quand même plus qu'un livre pour cela, non ?

Elle n'était pas fâchée, seulement curieuse d'en apprendre davantage.

— Disons que l'ouvrage en soi n'est pas extraordinaire. C'est plutôt son contenu, la façon dont il est écrit…

— Qu'a-t-il donc de spécial ? le questionna Eddy, intrigué.

Luis réfléchit un moment et glissa un doigt sur sa moustache. Il ne voulait pas les embêter avec une histoire sans importance. Il aurait tout autant pu rester coincé entre deux pages d'un journal, il n'y aurait rien eu de fantastique à cela.

Sauf que ce n'était pas un journal, et ce texte n'avait rien d'anodin…

— Bon, après tout… C'est un sujet de conversation comme un autre, se résigna-t-il.

Il se laissa glisser contre le dossier de sa chaise et passa une jambe par-dessus l'autre, posant les mains sur les accoudoirs. Bien qu'elle s'en fût doutée, Stacy sut immédiatement qu'il allait parler d'histoire. Chaque fois que cela se produisait, Luis prenait soin de s'installer ainsi, et elle était amusée de le voir s'exprimer de la sorte.

— Vous savez à quel point j'aime étudier le passé, reprit Luis. Seulement, la plupart des livres traitant ce sujet sont écrits de façon à relater les faits objectivement, ce qui n'est pas un mal en soi. N'empêche, n'importe quel gamin s'endormirait à l'école devant un texte de ce type. Lire un ouvrage ainsi rédigé est plutôt plat et ennuyeux.

Il marqua une pause et observa ses amis à tour de rôle, s'assurant qu'il ne les eût pas déjà perdus.

— Le livre que j'ai trouvé n'est pas comme ça, poursuivit-il en buvant une gorgée de soda. Il fait partie de ces récits historiques contés tels des romans. C'est nettement plus captivant qu'une simple succession de faits et dates, même pour un féru d'histoire comme moi. Mais je vais vous montrer…

Il se pencha de côté, ramassa son sac et le posa sur ses genoux. Le serveur revint alors vers eux pour leur apporter les plats et Luis se résigna à reposer ses affaires à terre en maugréant à voix basse. De mémoire, Luis narra sa découverte pendant qu'ils mangeaient.

— Après sa capture, Atahualpa s'était lié d'amitié avec certains conquistadors auxquels il avait raconté maints exploits et merveilles sur son peuple. Pizarro avait démontré un énorme intérêt lorsqu'il parlait des richesses matérielles de son empire, aussi Atahualpa lui proposa-t-il une belle quantité d'or en échange de sa libération. Aveuglé par l'appât du gain, Pizarro accepta et Atahualpa ordonna aussitôt l'acheminement de convois entiers d'or, d'argent et de pierres précieuses vers Cajamarca. Mais, peu après, l'empereur fut soupçonné de fomenter un complot contre les Espagnols — surtout contre Pizarro — et il fut donc exécuté à la suite d'un rapide procès. Ses partisans, qui ne tardèrent pas à apprendre la tragédie, rompirent eux aussi l'accord en vidant dans le Lac Titicaca leurs barques remplies de richesses. Depuis, nul n'est parvenu à retrouver la trace de cette incroyable rançon.

Luis laissa planer un moment de silence, misant sur le mystère évoqué par sa dernière phrase.

Le trésor des Incas... Qui n'en avait jamais entendu parler ? Il régnait dans l'imagination populaire depuis bon nombre d'années, et jamais l'engouement qu'il suscitait ne s'était dissipé.

Comme d'habitude, Luis s'était laissé emporter par son récit, allant presque jusqu'à en jouer les scènes. Ses deux amis étaient fascinés et visionnaient ces images vieilles d'un demi-millénaire dans leur tête, prenant un immense plaisir à le voir en parler comme s'il s'y était trouvé lui-même.

— Tu aurais dû faire du théâtre, lui glissa Stacy après une minute.

Luis rigola en se laissant retomber contre le dossier de sa chaise.

— Non mais... Tu te rends compte de ce que c'est ? s'exclama Eddy en levant les bras, les yeux grands ouverts. Le trésor des Incas !

Luis haussa les épaules.

— Évidemment, je suis en train de lire le livre.

— Non mais... Réfléchis un peu ! D'après ce que j'ai entendu dire, ce trésor représente plusieurs millions de dollars !

Le mythe avait à nouveau frappé.

— Et cet or est tranquillement en train d'attendre au fond de ce lac qu'on vienne le pêcher !

À ces mots, il avait tendu le bras de côté comme pour désigner la direction à suivre et espérait maintenant une réaction de leur part, un grand sourire sur les lèvres.

Luis l'observa un moment et devina aussitôt que son ami avait une idée en tête. Connaissant l'attrait d'Eddy pour monter des projets atypiques, il tenta d'imaginer ce que celui-ci pouvait avoir dans l'esprit. Stacy se tourna vers lui, comme si elle aussi attendait sa réponse.

— Oui, je sais, c'est formidable, lâcha finalement Luis, indifférent.

— Formidable ? C'est carrément incroyable !

La voix d'Eddy était très réjouie, il semblait véritablement emballé par cette histoire. Luis estima même que cela faisait plusieurs semaines qu'il ne l'avait pas vu aussi joyeux…

— Ed, personne n'est encore parvenu à découvrir le trésor. S'il est toujours caché, c'est sûrement pas pour rien.

— Mais justement, répliqua Eddy, tu trouves pas ça stupéfiant ? Ça veut dire que n'importe qui pourrait plonger dans le lac et en ressortir millionnaire !

Luis échangea un regard inquiet avec Stacy, ne sachant que dire de plus. Ils devinaient à présent très clairement ce qu'Eddy était en train d'échafauder.

— Eddy, soupira Stacy. Ce n'est pas si simple. Plein de gens ont déjà dû faire des recherches, je ne pense pas que le lac soit facile à explorer.

— Peu importe. J'ai ma chance, non ?

À ces mots, Stacy se figea comme une pierre. Il venait de confirmer leur supposition.

— Attends, reprit Luis après quelques secondes, tentant de garder son sang-froid. Tu n'as quand même pas l'intention d'aller chercher ce trésor ?

— Et pourquoi pas ? Si personne avait essayé de créer l'ampoule, on n'aurait pas tout le confort actuel.

Pris de court par sa réponse, Luis ne sut qu'ajouter de plus et il se mit à jouer nerveusement avec sa serviette, faisant passer les plis du papier entre ses doigts tout en répétant cette phrase dans sa tête.

« J'ai ma chance. »

Il observa Stacy qui, tout aussi démunie que lui, faisait tournoyer ses fins bracelets métalliques autour de son poignet. Eddy les regardait à tour de rôle d'un air excité, mais son euphorie ne tarda pas à retomber devant leur silence.

— Qu'est-ce qui va pas ? demanda-t-il.

Luis soupira et se redressa. Il devait le raisonner.

— Ed, je sais que ce n'est pas facile pour toi ces temps, mais sois un peu réaliste…

— Réaliste ? Mais regarde autour de toi, mon vieux ! Tous ces gens qui poursuivent leur petite vie de merde sans réfléchir, entourés de leur individualisme répugnant ! La seule chose importante pour eux, c'est d'avoir un compte bien rempli pour s'offrir le dernier téléphone ! Tu penses pas que…

— Ed, le coupa Stacy. Luis a raison.

Il dévisagea son amie, les yeux écarquillés.

— Nous n'y connaissons rien en plongée. Jamais on ne réussirait à trouver un trésor vieux de près de cinq cents ans enfoui au fond d'un lac ! Des équipes de pros ont certainement déjà prospecté sans succès.

Eddy continua de la fixer comme si elle venait de lui planter un couteau entre les côtes, puis il se tourna vers Luis, espérant un soutien de sa part.

— Où est passé ton bon sens ? demanda Luis, compatissant. Au vu de ta situation économique, je comprends ton envie, mais…

— Ma situation ! s'exclama Eddy, vexé.

Il avait levé la voix et Luis sentit qu'il avait touché un point sensible. Bien que sans réelle ambition professionnelle depuis plusieurs mois, Eddy avait conservé toute sa fierté. Recevoir des critiques sur sa condition dont il s'estimait plus victime que coupable lui était insupportable.

— C'est pas parce que j'ai pas de travail que je suis fou !

— C'est pas ce que j'ai dit…

Mais Eddy était bel et bien contrarié, et Luis savait par expérience que rien n'était possible tant qu'il resterait dans cet état.

— J'ai très bien compris, se renfrogna Eddy. De toute façon, seul, je ne peux aller nulle part.

Il vida d'un trait le reste de son verre et le reposa brusquement en faisant claquer le plateau de la table.

— Eddy, expliqua Luis d'un ton toujours calme et réfléchi, même à nous trois, jamais nous ne trouverions ne serait-ce qu'un gramme d'or.

— Ça va, j'ai compris. On laisse tomber. Comme tu dis, on n'a aucun espoir.

Un étrange silence s'installa entre eux, rendant les conversations alentour beaucoup plus présentes.

Eddy donnait l'impression de renoncer, mais Luis, qui savait son ami entêté, devina qu'il tentait seulement de trouver un autre moyen pour partir au Pérou. Derrière son regard déçu se tenait une véritable machine à réfléchir, prête à tout pour réussir.

Stacy, elle, fixait la table d'un air absent. Que pouvait-elle bien penser de tout ça ? Elle avait souligné l'irréalisme d'un tel projet, mais en était-elle convaincue ? Ce qui était certain, c'est que ses pensées voyageaient bien au-delà de leur discussion…

Luis se sentit soudain mal à l'aise entre ses deux amis. Les conversations alentour devenaient oppressantes et l'ambiance du Jackson's d'ordinaire si détendue s'était faite lourde. Il régla rapidement l'addition, puis chacun ramassa ses affaires et ils sortirent du restaurant. Aussitôt, un air rafraîchissant les enveloppa, relâchant la torpeur qui s'était immiscée en eux.

Eddy s'empressa de leur souhaiter une bonne soirée et s'en alla mollement sans ajouter un mot, tête baissée. Déjà, il n'était plus qu'une ombre au bout de la rue.

— Qu'est-ce qu'on a fait ? demanda Stacy, ébranlée de le voir partir ainsi.

— Rien… Et tout. Je le comprends, mais c'est pas comme ça que ça marche.

Eddy disparut derrière le coin d'un immeuble, et Luis fit face à Stacy.

— On a fait ce qu'on a pu pour le raisonner.

Elle le fixa de son regard éclatant.

— Oui mais… S'il disait vrai ?

Luis détourna les yeux. Depuis leur séparation, il n'arrivait plus à supporter longtemps la profondeur de ses iris azur lorsqu'il se retrouvait seul avec elle. Dans ces moments, les images du passé lui revenaient instantanément à l'esprit…

— On n'aurait aucune chance d'y parvenir, fit-il. Le pauvre est complètement déconnecté du monde réel. C'est normal qu'il s'accroche à la moindre lueur d'espoir.

Luis la regarda à nouveau dans les yeux, mais elle baissa la tête soudainement.

— Moi aussi, j'aurais toutes les raisons pour partir loin d'ici… murmura-t-elle.

Toutes les raisons ? Elle était pourtant mariée et vivait dans une belle maison de North Bergen.

— Si tu crois que ça m'amuse de devoir m'occuper toute seule de cette maison…

Luis remarqua que sa voix tremblait. Une forte émotion la parcourait, mais il ne pouvait distinguer son visage dissimulé derrière sa longue chevelure.

— Il n'y a que toi qui n'aies rien à envier !

Elle avait dit ça d'un ton amer, et Luis sentit une boule naître au creux de sa gorge.

— Je ne crois pas, répondit-il. C'est vrai que j'ai un chouette appartement, une voiture… Mais même si je le voulais, je ne pourrais pas laisser mon poste comme ça.

— Ton travail, ton travail ! Il n'y a que ça qui compte pour toi ! répliqua-t-elle, l'air offensé.

Elle avait redressé la tête et le fixait sombrement. Les diamants qui brillaient derrière ses paupières s'étaient changés en perles d'eau.

— Il faut bien gagner sa vie, se justifia-t-il, déconcerté.

— Tu la gagnes bien assez !

Elle laissa échapper un sanglot et passa une main devant ses yeux, essuyant une larme qui s'était écoulée. Luis sentit la boule grandir dans son cou.

— Stacy, reprit-il délicatement. Après ce que j'ai vécu, je ne peux pas faire n'importe quoi.

— N'oublie pas qui t'a aidé à t'en sortir ! l'avertit-elle. Mais de toute façon, tu as toujours été comme ça…

Elle renifla bruyamment et referma sa veste d'un geste sec.

— Le travail avant tout…

Luis avait la gorge complètement nouée et il dut faire un grand effort pour inspirer profondément.

— Stacy, on ne va pas recommencer avec ça…

— Non, ça servirait à rien ! Mais je pensais seulement que, depuis le temps, tu avais su mettre tes intérêts ailleurs !

D'un geste de la main, elle fit ressortir ses cheveux de son col.

— Enfin, ça ne change rien au fait que ce trésor est illusoire, conclut-elle. On peut rien faire de plus pour Eddy aujourd'hui.

Luis acquiesça, soulagé de terminer cet échange, mais sa respiration restait bloquée par ces ombres du passé.

Ils marchèrent en silence vers Central Park, longeant côte à côte cette rue où venait se glisser le bruit de circulation, parfois brisé par un klaxon étouffé, quelques carrefours plus loin. Enfin, ils se séparèrent en prenant chacun une direction opposée, lui vers l'est, elle vers l'ouest.

*

Luis jeta un dernier regard sur le miroir où se reflétaient ses puissantes épaules, vérifia le verrou de l'entrée et se rendit finalement dans sa chambre. Il comptait poursuivre la lecture du livre ce soir, mais c'était avant.

Avant ce repas désastreux.

Que pouvait bien penser Stacy ? se demanda-t-il une nouvelle fois.

Elle avait été de son avis : partir à la recherche de ce trésor serait de la folie… Mais pourquoi donc avait-elle réagi ainsi, à la sortie du Jackson's ? Pourquoi lui reprochait-elle les obligations que lui imposait son travail ?

Huit ans plus tôt, Stacy lui avait déjà fait les mêmes remarques qu'aujourd'hui. Il venait alors de débuter sa carrière, et il ne pouvait pas se permettre la moindre erreur. Malgré tout l'amour qu'il avait pour elle, il n'avait pu relâcher la pression professionnelle qu'il se mettait et Stacy avait décidé de s'en aller.

Luis s'allongea dans son lit, les yeux grands ouverts. De petites étoiles scintillaient au plafond, tels de rapides flashs qui traversaient son esprit de part et d'autre.

Demain, une nouvelle journée commencera. Une journée différente, et pourtant si semblable aux autres. Luis ouvrira son armoire, qu'il devinait en face de lui, dans la pénombre, y choisira ses habits et partira au travail, réjoui. Chaque service qu'il prenait lui réservait son lot de surprises, transformant ainsi son métier en une activité presque aussi passionnante que l'étude de l'histoire à laquelle il consacrait la plus grande partie de son temps libre.

Après sa libération, Luis avait eu le privilège de suivre une formation à l'académie de police, et était aujourd'hui officier pour la ville de New York. Ce poste lui offrait des interventions délicates, voire dangereuses, mais il adorait ça. Il avait l'habitude de risquer sa vie : c'était de cette façon qu'il avait vécu toute sa jeunesse. Le risque faisait partie de lui. Grâce à cette place, il pouvait se permettre une existence confortable et Luis ne se plaignait jamais de ce qui eût éventuellement pu lui manquer. Trouver ce vieux trésor rendrait-il vraiment sa vie meilleure ?

Tout en y réfléchissant, Luis se recroquevilla sur le côté, un bras sous la tête. Son souffle chaud rebondissait contre le mur et venait couvrir ses joues d'un voile humide.

Deux camps s'affrontaient dans son esprit, un duel imprévisible aux forces égales. D'un côté, sa puissante voiture de fonction le menait sirène hurlante à travers Manhattan, appelée par une affaire urgente. Il apercevait le reflet de son visage dans le rétroviseur, concentré et réjoui à l'idée du nouveau défi que lui réservait cette intervention. De l'autre côté, il se voyait marcher prudemment le long d'un sombre couloir aux murs suintants d'humidité, une torche à la flamme dansante entre les doigts. Devant lui, l'inconnu. Derrière lui, l'histoire entière… Entre ces deux images, Eddy et Stacy le regardaient, attendant la victoire de l'un des camps tels des arbitres face à un match.

Il chercha pendant longtemps le sommeil, tentant de chasser les fruits de son imagination, mais ils revenaient aussitôt, bien plus nets qu'avant, et il ne cessait de changer de position et de se retourner dans son lit.

Moi seul sais ce qui est bon de faire ou pas ! se répétait-il sans arrêt.

Sa conscience s'accrochait au passé. Une première fois déjà, il avait écarté ce qui comptait vraiment pour lui, et il regrettait ce choix aujourd'hui encore…

Bientôt, il se laissa emporter par son esprit, et ses deux amis le rejoignirent dans le couloir obscur. Les pierres de la maçonnerie se déformèrent alors, comme entraînées par un courant jusqu'à former la surface agitée d'un grand lac où Stacy, Eddy et lui s'affairaient à remonter d'impressionnants objets brillants depuis les profondeurs ténébreuses. Les rues engorgées de New York ne devinrent plus qu'un maigre souvenir et il les voyait s'estomper sous ses pieds, quelque part au fond des eaux.

À ce moment, un sourire inconscient glissa sur ses lèvres.

CHAPITRE 2

Le reste d'eau à l'intérieur du verre refléta le visage sombre de Luis. Celui-ci contempla pendant quelques minutes cette copie miroitante, faisant basculer l'objet d'une main à l'autre, et il avait l'impression que ses traits déformés par les mouvements du liquide étaient différents, comme rajeunis.

— Tu cherches l'or au fond du puits ? s'exclama une voix derrière lui.

Il se retourna.

Eddy, le visage rayonnant, le dominait de toute sa hauteur. Luis se leva et prit son ami dans les bras.

— Content de te revoir avec le moral !

— Avec ce que tu m'as annoncé ce matin, difficile de faire la tronche, rigola-t-il.

En effet, Luis lui avait lancé un coup de fil à la première heure pour lui communiquer sa décision : il partirait à la recherche du trésor inca. Il ne savait pas quand ni comment, mais il partirait.

Tous deux prirent place et Eddy l'interrogea aussitôt.

— Alors, qu'est-ce qui t'a fait changer d'avis ?

Luis réfléchit quelques secondes.

— J'ai eu beaucoup de peine à m'endormir cette nuit, expliqua-t-il. Après ce qui s'est passé hier soir, je me suis posé pas mal de questions. Stacy m'a à nouveau reproché d'attacher trop d'importance au travail et…

Il s'arrêta et observa son verre presque vide, cherchant la meilleure façon de s'exprimer. Il réalisa alors qu'Eddy le jaugeait d'un air surpris.

— Et je crois qu'elle a raison. Je ne m'accorde pas assez de temps.

Eddy le regarda, incrédule.

— Mais, Luis… C'est pas pour ça que vous vous êtes séparés ?

— Précisément. Mais à l'époque, je n'avais pas su la comprendre. Cette nuit, je me suis dit : Luis, ne fais pas deux fois la même erreur. Écoute tes amis, vis ta passion et pars à la recherche de ce trésor.

Il marqua un nouvel arrêt.

— Je veux plonger dans l'histoire, tu vois ? Je veux la vivre. Comment dire…

Il chercha ses mots pendant quelques secondes, l'esprit ailleurs.

— Hier soir, j'imaginais notre aventure. Je nous voyais à la poursuite de l'or inca et…

— Et tu m'as appelé, le coupa Eddy.

Luis fixa son ami quelques instants avant de détourner le regard. Devait-il lui dire tout ce qu'il avait vu ?

— Et je t'ai appelé, répéta-t-il lentement, les yeux perdus dans le vide.

— Stacy est au courant ?

— Oui, répondit-il avec un grand sourire. Je lui ai téléphoné juste après toi, et elle m'a tout de suite annoncé qu'elle viendrait aussi. Elle m'a dit qu'elle serait là ce soir, mais…

Il prit un air hésitant.

— Je ne sais pas si elle viendra.

— Pourquoi ?

Une certaine inquiétude se lisait dans les yeux de Luis, mais lui-même ignorait exactement la nature de ses craintes.

— Je sais pas. J'ai l'impression qu'elle nous cache quelque chose.

Eddy observa son ami en silence pendant quelques secondes, mais n'eut pas le temps de creuser la question. Un serveur s'approcha à cet instant et prit commande de leur consommation.

Contrairement à son nom anglophone, le *Jackson's* proposait une excellente cuisine italienne. Sa carte regroupait une incroyable variété de spécialités originaires de toutes les régions de la botte, mais très souvent, c'était sur les pizzas que leur choix s'arrêtait.

Quand le serveur revint pour les leur apporter, les deux amis avaient déjà enchaîné sur une autre discussion.

— On a eu beaucoup de chance, dit Luis, la bouche à moitié pleine. Un peu plus et il écrasait tout le monde.

Il venait de raconter l'élément marquant de sa journée.

Sa patrouille avait dû prendre en chasse un type complètement fou : il était monté à bord d'un puissant bolide volé et avait sillonné toute la ville à pleins gaz avant d'être arrêté dans un parc public. Des policiers venus de tous les secteurs s'étaient lancés à sa poursuite, et heureusement, les gens ont aperçu le véhicule fou assez tôt pour pouvoir s'écarter de sa trajectoire.

— Pour finir, on l'a repêché dans le grand bassin au milieu du parc, conclut Luis.

À cet instant, une jeune femme entra telle une furie dans le restaurant et traversa la salle en courant. Tout le monde se retourna pour découvrir l'origine de cette excitation, et Luis reconnu immédiatement Stacy, laquelle s'écrasa hors de souffle à leur table. Les deux amis l'observèrent reprendre son calme, le visage dissimulé sous sa longue chevelure, la respiration haletante. Elle resta ainsi deux bonnes minutes au moins, sous les regards inquiets d'Eddy et Luis, avant de finalement lever les yeux vers eux, la tête posée au creux des mains.

— Tout… Tout va bien ? lui demanda Eddy d'une petite voix.

Elle se redressa sur sa chaise et réajusta ses cheveux désordonnés.

— Impeccable ! Mais je vais pas faire long, je fais que passer.
— Pas de problème, répondit Luis calmement. As-tu déjà pu parler à Chris de notre projet ?
— Je me fiche de ce qu'il pense, lança-t-elle sèchement.

Luis sursauta.

Comment pouvait-elle dire une chose pareille ? Leurs recherches prendraient sans doute quelque temps, il était normal que son mari soit informé de son absence.

Mais Stacy avait remarqué sa surprise.

— Je ne tiens pas à ce qu'il soit au courant de notre chasse au trésor, expliqua-t-elle. Si c'était le cas, j'aurais peur que le FBI s'en mêle aussi...

Stacy observa son ami, attendant d'être certaine que cette réponse lui convenait.

Chris travaillait en effet pour le FBI. Bien que Luis n'ait jamais vraiment compris quelle était la nature de son activité, il savait néanmoins qu'il occupait un poste à responsabilité. Mais pourquoi celui-ci mélangerait-il les affaires privées et professionnelles ?

Voyant Luis toujours aussi sceptique, Stacy ajouta :

— Je veux surtout pas manquer une aventure pareille avec vous.

L'espace d'un instant, le New-Yorkais crut apercevoir une larme au coin de son œil. Mais Stacy passa la main devant son visage pour s'essuyer le front, puis elle changea de sujet.

— Alors les gars, quand est-ce qu'on part ?

Elle arborait maintenant un grand sourire et ce fut Eddy qui répondit, ravi de pouvoir aborder l'objet de leur rencontre.

— Nous allions justement en parler. J'ai plusieurs bonnes nouvelles, mais également des mauvaises...

Il marqua une pause, mais s'empressa d'ajouter devant leur air inquiet :

— Rien de bien grave, rassurez-vous ! Je vais tout vous expliquer, rien ne mettra en péril notre voyage.

Il se lança alors dans une description détaillée des quelques recherches qu'il avait déjà entreprises.

Selon lui, le meilleur endroit pour débuter était la ville de Puno. Il s'agissait d'une des plus grandes agglomérations de la région et elle occupait un rôle important au niveau du trafic fluvial du Lac Titicaca. C'était là-bas qu'ils prendraient le large pour pouvoir plonger sous l'eau.

— OK. Et vous savez déjà dans quelle zone on doit chercher ? ajouta Stacy.

— Pas vraiment, répondit Luis. Et c'est une des choses que l'on peut définir ce soir.

Il se laissa glisser contre le dossier de sa chaise et croisa les mains sur son ventre. Stacy devina tout de suite qu'il allait à nouveau parler d'histoire, amusée de le voir s'installer tel un important érudit.

— Comme je vous l'ai raconté hier, Atahualpa a été capturé par Pizarro et ses troupes qui lui auraient ensuite proposé les richesses incas en échange de sa libération. Une grande partie de l'or est arrivé jusqu'à Cajamarca, mais après l'exécution de leur empereur, les Incas ont vidé leurs barques dans le lac. Ils ne voulaient pas que ces richesses venues des quatre coins de l'empire tombent encore plus entre les mains espagnoles.

— Attends, l'interrompit Eddy. Un détail m'échappe… Tu as dit que Pizarro a récolté beaucoup d'or ?

— Oui, Pizarro avait confiance en Atahualpa. Leur accord tenait ferme jusqu'à cette histoire de complot.

— Mais alors, ça veut dire que ce qui se trouve au fond du lac n'est qu'une infime part du trésor inca ?

— C'est exact, répondit Luis. Tout ce que Pizarro a reçu est devenu possession du Saint-Empire Romain Germanique. Les métaux ont sans doute été fondus et réutilisés à d'autres fins sur le Vieux Continent.

— Bon. Mais pour en revenir à notre grande question du jour, où concentrerons-nous nos recherches ? demanda Stacy. Le lac est immense, ils peuvent avoir laissé l'or n'importe où.

Luis se redressa sur la chaise et sortit de son sac un bloc-notes et un crayon. Rapidement, il griffonna une forme sur la première feuille.

— Voilà le lac Titicaca, partagé aujourd'hui entre le Pérou et la Bolivie. Pour arriver à Cajamarca, les Incas qui transportaient le trésor ont dû le traverser d'est en ouest. Il doit donc se trouver sur une trajectoire reliant chacune de ces deux rives.

Il esquissa un trait légèrement incliné en travers de son dessin.

— Rien ne prouve que les Incas aient suivi la direction de Puno au moment de vider leurs barques, fit remarquer Stacy. Ils se sont peut-être écartés de leur itinéraire habituel ?

— C'est possible, en effet, répondit Luis en reposant le crayon, mais cette chasse au trésor est faite de suppositions. Nous sommes obligés de partir avec des informations plus que lacunaires. D'ailleurs, c'est peut-être notre chance. Sans ça, quelqu'un l'aurait peut-être déjà trouvé, ce trésor…

Ils demeurèrent silencieux quelque temps. Le cadre était posé : la suite de cette expédition s'avérait hasardeuse et compliquée.

Mais là est tout l'intérêt de la chose, s'enthousiasma Luis.

Stacy se leva subitement.

— J'ai pas vu l'heure passer ! Il faut que je rentre. Désolée de pas pouvoir rester.

— Pas de problème, répondit Luis en redressant la tête vers elle. C'est génial que tu sois venue, mais…

Il la regarda, hésitant.

Es-tu sûre que tout va bien avec Chris ?

Non. Il ne pouvait pas lui demander ça… Pourtant, depuis quelque temps, il avait bel et bien l'impression que quelque chose d'étrange tournait autour de son mari, et sa brusque réaction tout à l'heure ne faisait qu'accroître ses soupçons.

— Ne vous inquiétez pas, annonça-t-elle d'un ton rassurant. Je m'arrangerai pour ne pas ébruiter la recherche de ce trésor.

Luis continua de l'observer, le regard perdu.

Hier déjà, Stacy avait détourné la conversation lorsqu'il lui avait demandé des nouvelles de Chris. Cet événement lui était revenu en début de soirée, et il avait pu en faire part à Eddy même s'ils avaient ensuite changé de sujet. Au moins n'était-il plus seul à porter ses inquiétudes.

Luis se pencha finalement et attrapa sa besace.

— En attendant, dit-il en y plongeant la main, prends ce bouquin avec toi. Tu y trouveras plein d'infos utiles sur la région. J'ai mis quelques billets aux pages intéressantes, mais avec mon travail, je n'aurai pas le temps de continuer ces prochains jours.

La jeune femme considéra pendant quelques secondes l'ouvrage qu'il lui tendait avant de le saisir et de le glisser dans son sac. Elle hissa maladroitement celui-ci sur son épaule et se démena hâtivement pour fermer sa veste.

— Bon, et alors ? Quand est-ce qu'on part ? demanda-t-elle en attachant tant bien que mal le dernier bouton.

Luis observa son amie d'un œil suspicieux.

Pourquoi s'agite-t-elle ainsi ?

Stacy avait dû s'y prendre à plusieurs reprises pour s'habiller et manifestait un réel empressement pour s'en aller.

— Luis ?

Il redressa son regard et se tourna finalement vers Eddy. C'était lui qui avait concrètement commencé les préparatifs et les recherches, seul lui pouvait donc estimer au mieux le temps nécessaire avant le départ.

Eddy inspira profondément.

— Demain. Nous partons demain.

*

Luis avait dû retenir pendant de longues heures son excitation : une interminable journée de travail l'avait encore attendu avant de pouvoir s'envoler au cœur des Andes, dans la soirée.

À l'annonce de leur départ si proche, Stacy et Luis étaient restés sidérés. Non seulement Eddy avait prévu ce voyage sans convenir d'une date avec eux, mais en plus il avait déjà acheté tous les billets d'avion. Rappelée par sa mystérieuse raison, Stacy n'avait pas eu le temps d'en débattre et était rentrée chez elle. Luis, en revanche, avait ouvertement manifesté son mécontentement. Il ne pouvait pas quitter son travail du jour au lendemain…

— Je pensais que tu avais hâte de partir, avait répondu Eddy. Mais je dois reconnaître que j'ai oublié que tu étais occupé.

— C'est bien là le problème ! avait répliqué Luis, sur les nerfs. Tu ne vois que ce trésor depuis hier ! Merde Eddy ! Comment je vais faire ?

Luis savait d'avance que le délai était insuffisant pour effectuer une demande de congé.

— Si ça peut te rassurer, j'ai réservé un vol qui part le soir. Les billets coûtaient moins cher, mais au moins tu pourras finir ta journée demain.

Eddy lui avait souri, l'air gêné.

Même si son ami s'était montré plutôt égoïste sur ce point, Luis avait compris la raison de sa précipitation.

— Tu peux pas les annuler ? lui avait-il demandé. On doit prendre un autre avion, on n'est pas du tout prêt !

— Non, la réservation est définitive…

Luis avait alors ressenti un pincement au cœur. Que pouvait bien éprouver Eddy après huit mois d'inactivité professionnelle, lui qui était d'ordinaire si occupé ? Un rythme horrible avait dû s'installer durant ses journées, bien que bercées par ses illusions musicales. Luis n'eut aucune peine à imaginer la joie que devait représenter pour Eddy la perspective de cette aventure, et l'expression réjouie de son ami le lui rappelait bien.

Mettre fin à sa routine… N'était-ce pas cette raison-là qui le motivait lui aussi ?

Luis était resté quelques minutes en silence, les yeux fixés devant lui, mais somme toute, il avait pris une profonde inspiration et avait annoncé :

— OK. Je vois.

Il avait donné une grande tape fraternelle sur l'épaule à Eddy.

— Bienvenue au Pérou !

À la fin de sa journée, Luis s'était dépêché de rentrer chez lui pour récupérer la valise bouclée le matin même. Comme convenu, Eddy l'avait attendu devant le porche, puis ils avaient tous les deux sauté dans la Ford à Luis pour aller chercher Stacy.

— J'espère qu'elle n'a pas oublié, dit Eddy en scrutant la porte en bois clair de la maison de Stacy.

Ils s'étaient garés juste devant chez elle, sur le côté de la rue. Alignés le long de la chaussée, de grands platanes verdoyants recouvraient l'allée d'un épais toit feuillu, dessinant des ombres irrégulières sur le sol.

Pourvu que rien ne la retienne, s'inquiéta Luis dans sa tête. *Rien ni personne…*

Depuis leur discussion de la veille, Luis n'avait cessé d'éprouver une certaine crainte à l'idée de ce voyage.

« Je ne tiens pas à ce qu'il soit au courant de notre chasse au trésor… »

Cette phrase lui martelait le crâne ; il ne savait pas comment l'interpréter.

— Non, elle ne devrait plus tarder maintenant, fit Luis en adressant un sourire à son ami, tentant de ne plus y penser. Elle ne peut pas avoir oublié un tel événement.

Il observait cependant la maison d'un œil soucieux. Eddy consulta sa montre, puis bidouilla sur l'interface multimédia de la voiture jusqu'à trouver une chaîne de jazz. Aussitôt, il se mit à tapoter le rythme de la contrebasse contre la portière et regarda à nouveau dehors.

— Tu crois qu'elle a dit à Chris qu'elle partait ?

Luis ne répondit pas. Tout semblait calme, chez Stacy. Pas un mouvement ne se laissait deviner par les fenêtres, mais devant le garage, une Chevrolet Corvette attendait l'arrivée de son conducteur. Selon Stacy, Chris devait s'en aller en fin d'après-midi.

Mais sa voiture était toujours garée sur la place de parc…

— Tu n'as rien remarqué de bizarre, chez Stacy ? demanda alors Luis.

Eddy se tourna vers lui, intrigué, et haussa les épaules.

— Elle a l'air joyeuse. C'est cool, non ? Qu'y a-t-il de bizarre à cela ?

— Je ne sais pas. Je lui trouve quelque chose d'étrange…

Il tira sur sa ceinture, desserrant l'étreinte qu'exerçait la lanière sur sa poitrine.

— Tu as remarqué ? Chaque fois qu'on évoque sa maison ou Chris, c'est comme si…

Luis chercha ses mots quelques instants.

— Comme si elle semble fuir la réponse. On dirait qu'elle veut éviter d'en parler. Tu as vu comme elle était hier soir ?

Eddy cessa de pianoter sur la portière, laissant la musique rythmer l'habitacle en solo. Il avait effectivement remarqué l'attitude de Stacy, mais ne s'était jamais posé plus de questions à ce sujet.

— J'ai l'impression que quelque chose ne joue pas chez elle, reprit Luis. Elle ne nous parle jamais de Chris, par exemple.

Eddy le regarda avec de grands yeux.

— C'est sans doute un homme très réservé, je crois pas qu'il faille s'en soucier plus que ça.

— Lui, d'accord, mais Stacy ? Pourquoi n'est-elle pas plus ouverte avec nous ?

Eddy lui donna quelques coups de coude.

— Dis voir, mon vieux, ne serais-tu pas un peu jaloux de lui ?

— Ça va pas ? s'exclama Luis en se tournant vers lui. Tu sais très bien ce qui est arrivé entre elle et moi ! Ce qui est passé est passé.

Il maintint un regard pesant sur Eddy, s'assurant qu'il ait bien saisi ces propos.

— Je m'inquiète seulement pour elle, c'est tout.

Il laissa ses yeux se perdre vers le chemin de gravier qui traversait le jardin de Stacy, les pensées crochées à quelque ancien souvenir.

— Il y a autre chose. Hier soir, juste avant qu'elle parte, il me semblait qu'elle pleurait lorsqu'elle a dit ne pas vouloir ébruiter notre projet.

Eddy s'apprêtait à répondre, mais un mouvement sur leur gauche les tira de leur réflexion.

Perché devant la maison, un homme de stature imposante était apparu dans l'encadrement de l'entrée. L'élégance de son complet noir contrastait violemment avec les cheveux courts et sévères qui se dressaient au sommet de son crâne.

— C'est lui.

Le grand baraqué referma la porte et traversa le jardin pour monter dans la Corvette.

— Cachons-nous, il vaudrait mieux qu'il ne nous voie pas, estima Eddy.

Ils se replièrent aussitôt sur eux-mêmes, perdant de vue tout ce qui se passait à l'extérieur. Luis éteignit la radio.

— Désolé, faut qu'on entende quand il partira, ajouta Luis devant l'air déçu de son ami.

Eddy fronça les sourcils lorsque le moteur du bolide démarra, et Chris pesa quelques fois sur l'accélérateur pour monter dans les tours, faisant jaillir un puissant vrombissement. Il laissa tourner quelques minutes dans le vide puis un grondement assourdissant leur déchira les oreilles au moment où il se mit en route, arrachant un crissement de pneu strident par la même occasion.

Luis se redressa aussitôt en attrapant son téléphone. Il aperçut dans son rétroviseur la Corvette disparaître au bout de la rue et envoya à toute vitesse un message à Stacy.

— J'espère qu'elle se dépêche ! s'inquiéta Eddy en regardant sa montre. L'heure est déjà bien avancée et nous devons aller jusqu'à l'aéroport !

Moins de deux minutes plus tard, Stacy ouvrit la porte à la volée et se précipita dehors, une lourde valise derrière elle. En les voyant, elle leur adressa un joyeux signe de la main.

Grouille-toi, s'impatienta Luis à son tour en lui indiquant de se dépêcher.

Eddy laissa soudain échapper un cri et pointa l'index devant lui, contre le pare-brise, et Luis crut que son cœur s'arrêtait.

Là-bas, tout au bout de la rue, le cabriolet noir revenait à faible allure, glissant silencieusement au milieu des rangées d'arbres.

— Merde ! s'exclama-t-il.

Il agita subitement les bras en l'air vers Stacy, heurtant de ses doigts la vitre de sa portière. Mais elle était occupée à chercher ses clés, coincée quelque part au fond de son petit sac.

— Regarde par ici !

Par chance, elle redressa la tête pour lui sourire et aperçut ses gestes désordonnés. Instinctivement, elle se tourna vers la rue et eut tout juste le temps de plonger dans la maison avant que Chris n'arrête sa voiture, un peu en retrait de leur jardin.

— Mais qu'est-ce qu'il fout ?

Chris reculait doucement sur l'autre bord de la route, garant son véhicule juste derrière une touffe de végétation.

Eddy regarda sa montre et grogna un propos inaudible.

— Peut-être a-t-il oublié quelque chose ? suggéra Luis, peu convaincu de son hypothèse.

Pourquoi se cacher derrière ces buissons ?

— Ouais, en attendant l'heure tourne ! tempêta Eddy. On doit encore traverser toute la ville ! L'avion ne va pas nous attendre !

Il recommença à tapoter des doigts sur la portière, mais cette fois, les petits claquements secs de ses ongles résonnaient de façon désordonnée, marqués par son anxiété grandissante.

Chris ne semblait pas vouloir sortir de sa voiture ; il se contentait d'observer son domicile, comme s'il espérait que quelque chose se passe.

— Pourquoi il est revenu ? s'impatienta Eddy en s'ajustant dans son siège. Il va tout foutre en l'air !

C'est peut-être son but... se dit Luis.

Son regard sautait de la Chevrolet à la maison.

Pourvu que Stacy ne se montre pas à la fenêtre...

— À mon avis, il veut surveiller quelque chose, fit Luis. Il n'agirait pas ainsi sinon.

Le baraqué ne semblait pas avoir remarqué leur présence et continuait de fixer sa maison d'un œil perçant.

— Allez ! Vas-y ! Fous le camp d'ici !

Les tapotements frénétiques d'Eddy s'accélérèrent encore à mesure que s'écoulaient les secondes, les minutes. Bientôt, on eût dit une improvisation effrénée de percussion lancée dans une course à la vitesse, et Luis commençait à son tour à perdre patience, sentant le sang lui monter à la tête. Mais il devait donner l'impression de rester calme.

— Ed arrête de t'exciter, ça ne changera rien.

— Mais il va jamais partir ! C'est quoi son problème ?

Quelques secondes plus tard, un puissant grondement jaillit à nouveau du moteur de la Corvette et Eddy lâcha un grand soupir en regardant passer à toute vitesse le cabriolet noir. Celui-ci avait à peine disparu que Luis plongea lourdement sur son volant, libérant un violent klaxon. Stacy sauta hors de chez elle, rabattit la porte et la verrouilla avant de courir sur le chemin qui menait jusqu'à la route.

— Monte ! hurla Luis qui était sorti pour attraper sa valise.

Il jeta le bagage dans le coffre et claqua la portière, puis démarra à son tour en plantant sur les gaz, filant tout droit au cœur de New York.

CHAPITRE 3

Dehors, la nuit enveloppait complètement la carlingue de l'avion par ses bras d'encre. Toutes les étoiles semblaient avoir disparu du firmament. Aucune lumière, aucun éclat ne perçait l'intense obscurité hormis celui qui, au bout de l'aile, lançait de puissants rayons colorés par intermittence.

Nous sommes sans doute pris dans des nuages, pensa Luis en détournant le regard du hublot.

Assis à sa gauche, ses deux amis dormaient profondément. Eddy ronflait doucement, la tête inclinée de côté, alors que Stacy avait glissé dans son siège.

Avait-il succombé au sommeil lui aussi ? C'était bien possible, mais son esprit s'était brouillé au fil des heures. La journée avait fourni sa dose d'émotions et une immense fatigue l'accablait encore. Pourtant, quand il parcourut du regard les différentes rangées alentour, il remarqua qu'il était presque le seul à être éveillé.

23 h 36.

Dans un peu plus de trois heures, ils feront escale à Bogotá, en Colombie. De là, un autre vol les emmènerait jusqu'à Lima, où ils changeront encore une fois d'appareil pour atteindre Juliaca, l'aéroport régional le plus proche de Puno.

Tout d'un coup, de violentes secousses firent trembler l'avion dans son entier. Toute la carlingue se mit à grincer, les petites tables pliantes frappant sèchement le dos robuste des sièges. Luis referma instinctivement ses mains sur les accoudoirs, cherchant à stabiliser sa posture, et aperçut devant lui une hôtesse déséquilibrée par la soudaineté des vibrations se rattraper à un dossier. Une dizaine de secondes plus tard, tout s'arrêta et l'appareil retrouva sa sérénité d'alors.

À sa gauche, Stacy s'était réveillée et le regardait, à moitié couchée sur sa place. Eddy voguait encore dans son sommeil, et rien ne semblait pouvoir l'en faire sortir.

— Tu peux pas laisser les autres dormir tranquillement ? plaisanta Stacy, les yeux à peine ouverts. Tu m'as donné un coup de coude.

— Je… Excuse-moi, sourit-il. Je crois que je ne m'habituerai jamais aux turbulences.

Il n'avait jamais eu peur de prendre l'avion, mais s'il y avait bien une chose qu'il détestait, c'était ces secousses qui frappaient subitement l'appareil en plein vol. L'engin d'ordinaire si calme lui donnait alors l'impression de perdre sa stabilité et de redescendre vers le sol…

Stacy s'étira longuement et se réinstalla dans son siège.

— Où sommes-nous ?

— Quelque part au-dessus des Caraïbes, sans doute.

Elle jeta un coup d'œil par le hublot.

— On voit rien, là dehors…

— C'est la réflexion que je me faisais juste avant.

Stacy consulta l'heure.

— Quoi ? s'écria-t-elle. Il n'est même pas minuit ? Moi qui pensais avoir dormi des heures !

Stacy observa alors les autres passagers, tous profondément terrassés par la fatigue. Les secousses ne semblaient pas les avoir dérangés. Une hôtesse s'arrêta à leur niveau et demanda s'ils souhaitaient commander quelque chose, mais ils déclinèrent la proposition.

— Heureusement que nous avions un bon chauffeur pour attraper l'avion, commenta Stacy peu après.

Luis haussa les sourcils, dubitatif.

— On peut pas vraiment dire que j'étais un bon chauffeur. Zigzaguer entre les différentes files, c'est pas terrible… Peut-être bien qu'on m'aurait retiré le permis si on avait croisé les flics.

— Arrête ! Tout s'est bien passé. Dans quelques heures, nous serons au Pérou, en train de plonger dans un lac pour chercher un trésor ! C'est quand même dingue, non ?

C'était dingue, en effet.

— Bien sûr. Mais je te rappelle que je suis policier et je n'aimerais pas devoir me retrouver face à mon supérieur pour lui expliquer cette histoire. Tu peux être sûr que j'y laisserais mon poste.

Deux rangées plus loin, un homme se réveilla en bougonnant et Luis se demanda s'ils ne parlaient pas un peu trop fort. Rapidement, il conclut que la seule personne pouvant être dérangée était Eddy, lequel reposait toujours dans les bras de Morphée.

— N'empêche, c'est drôle, poursuivit Luis. Quand j'ai pris ce fou du volant en chasse, hier après-midi, je ne pensais pas en devenir un le lendemain.

Stacy rigola à cette remarque, elle aussi amusée par ce revers de situation.

— Au fait, comment t'es-tu arrangé pour partir si vite ? demanda-t-elle alors. Tu as pu prendre congé ?

Luis abaissa le regard sur ses mains.

Comment lui expliquer cela ?

Stacy ne mit pas plus de trois secondes à percevoir son embarras.

— Oh non, Luis ! T'as pas fait ça ?

— C'était la seule solution, Stacy, se justifia-t-il. Eddy s'est précipité pour commander les billets sans rien me demander. Jamais le capitaine ne m'aurait laissé partir avec un délai si court.

— Luis ! Tu as abandonné tes responsabilités professionnelles ! C'est encore plus grave qu'enfreindre le Code de la route comme tu l'as fait tout à l'heure !

— Je ne pouvais tout de même pas dire à mon chef que je me lançais dans une chasse au trésor, il se serait foutu de moi.

— Non, mais on aurait pu attendre ! Maintenant, ils vont chercher à savoir ce qui t'est arrivé !

— Eddy avait déjà réservé les vols…

— Luis, tu vas te faire renvoyer s'ils découvrent le vrai motif de ton absence !

Elle secoua la tête et appuya sa main contre son front.

— Et lui ! Pourquoi il devait prendre ces billets tout de suite ! fit-elle en accompagnant ses mots d'un geste vers Eddy.

— Il ne voit que ce trésor. Je ne peux pas lui en vouloir, il veut absolument…

— C'est bien ça qui est dommage, tu ne t'opposes jamais à rien !

Luis sentit son cœur se serrer. Il comprenait sa réaction, mais elle n'avait pas le droit de lui reprocher une chose pareille…

— Et bien, justement ! Si je suis là aujourd'hui, c'est parce que j'ai décidé de changer de vie. À la base, je ne voulais pas partir à la recherche de ce trésor, mais ce que tu m'as dit l'autre fois m'a fait réfléchir.

Elle le considéra un instant, troublée par cette réponse qu'elle savait sincère. Son regard s'emplit de doute et se perdit quelque part au-delà du hublot sur lequel il resta croché quelques secondes.

— D'accord… dit-elle doucement.

Elle fixa encore quelques secondes le bout de l'aile, puis redressa brusquement la tête vers lui.

— De toute façon, il est trop tard maintenant. Vous avez au moins pu discuter du déroulement des recherches ?

Luis fut enchanté du changement de sujet.

— Oui, on a étudié tout ça au Jackson's hier soir, après ton départ.

Pour gagner du temps, nous avons décidé de ne pas prévoir de fouilles là où de précédentes expéditions ont déjà eu lieu.

— Ça paraît logique, commenta-t-elle. Il y en a eu beaucoup jusqu'à maintenant ?

Luis regarda ses genoux, réfléchissant à la réponse qu'il devait fournir.

— Selon le bouquin que je t'ai passé hier, le trésor devrait reposer du côté péruvien du lac, ce qui nous donne déjà une bonne indication de base. Seulement, cette zone est large. Très large même. Nous avons donc fixé quelques critères supplémentaires. En 1968, le commandant Cousteau a mis sur pied une expédition de recherches qui s'acheva par un échec sur le plan des découvertes archéologiques. Tout ce qu'il a pu ramener se limite à de nouvelles espèces de poissons et de crapauds dans notre formidable inventaire des êtres vivants.

— Effectivement, ce n'est pas très encourageant, glissa Stacy.

— C'est le moins qu'on puisse dire. D'un point de vue logistique, ces prospections ont mobilisé deux sous-marins et se sont étalées sur près de deux mois.

— Deux mois ! s'exclama son amie. Jamais nous ne pourrons en faire de même !

— J'espère bien qu'on découvrira quelque chose avant…

Si toujours nous parvenons à trouver un sous-marin, se dit-il dans sa tête.

Mais là n'était pas la question. Pour l'instant en tout cas. Comme une hôtesse repassait, Luis l'arrêta et offrit un café à Stacy.

— Tu crois qu'on doit le réveiller ? s'inquiéta-t-elle alors en désignant leur ami plongé dans le sommeil.

— Non, laissons-le. Il connaît déjà tout ça.

— Donc, deux sous-marins, deux mois de recherches… Puisque nous en sommes avec ce chiffre, quelle était la deuxième expédition ?

— Cousteau a mené seulement la première, les suivantes étaient menées par d'autres équipes. Mais le livre que je t'ai prêté décrit tout cela en détail. Si tu l'as dans ton sac, tu pourrais me le passer ? J'ai peur de manquer certains éléments importants.

Elle réfléchit un instant.

— Je crois que je l'ai mis dans ma…

Elle s'arrêta soudainement, les yeux fixés sur le dossier du siège devant elle. Luis s'inclina en avant pour mieux la voir.

— Quelque chose ne va pas ?

— Luis… dit-elle rapidement en se tournant vers lui. Le livre… Je crois bien que je l'ai oublié à la maison.

Il resta interdit, scrutant l'expression horrifiée de son amie.

— C'est pas vrai ! s'écria-t-il en élevant la voix. C'est pas possible ! Y avait plein d'informations utiles à l'intérieur !

Il s'aperçut alors que plusieurs personnes s'étaient éveillées — y compris Eddy — et réalisa qu'il avait presque crié.

— J'ai parlé si fort ? souffla Luis, troublé par ce constat.

Stacy, un peu secouée par sa réaction, acquiesça.

— À réveiller un mort… ajouta Eddy en se frottant les yeux.

— Excusez-moi. Je… Je crois que je prends ces recherches trop à cœur.

L'hôtesse leur apporta les cafés et ils déplièrent la tablette devant eux pour y poser leur gobelet fumant.

— Ce livre est très intéressant, vraiment. Il y a une foule d'éléments qui auraient pu nous servir durant nos fouilles, mais ça ne fait rien, nous nous en passerons. D'ailleurs, nous sommes deux à en connaître le contenu global, pas vrai Eddy ?

— Hein ?

Luis résuma à leur ami la discussion en cours, et le voile qui reposait sur son esprit embrumé de sommeil s'envola soudainement. Alors, Eddy s'illumina, un immense sourire en travers du visage.

— Ah ouais, c'est juste ! On est en route pour le Pérou !

Luis et Stacy se regardèrent.

— Ne me dis pas que tu avais oublié ?

— Non, bien sûr ! Mais c'est trop cool… Jamais j'aurais cru partir à la recherche d'un trésor, et voilà que nous sommes près d'arriver !

— Oui, enfin… Dans quelques heures, rectifia Stacy. Parle-moi encore de ces fouilles.

— Volontiers, fit Luis en buvant une gorgée de café, laissant Eddy s'extasier de son côté. Deux ans plus tard, en 1970, des chercheurs japonais découvrent les premiers objets de valeur : des offrandes. Puis c'est aux Américains et aux Boliviens, en 1988 et 1992, de mettre à jour des choses attrayantes, vieilles de plusieurs milliers d'années.

— Mais la civilisation inca ne date pourtant que du dernier millénaire. D'où proviennent tous ces objets ? s'interrogea Stacy.

— Les hommes ont vécu bien longtemps avant les Incas sur les rives du Titicaca, précisa Eddy, qui était finalement sorti de sa léthargie euphorique. Tout porte à croire que le lac représentait un point de transit important pour ce peuple, au vu de la diversité des biens récoltés. Selon les analyses, ils seraient originaires de toute l'Amérique du Sud. C'était certainement une plaque tournante dans le commerce du continent.

Eddy observa avec envie son ami remuer la mousse de son café.

— Par contre, reprit Luis, ces trouvailles n'ont sûrement rien à voir avec notre objectif, tout aussi fascinantes soient-elles. Les découvertes de 1970 et celles que nous venons de mentionner étaient séparées par près d'un mètre de sédiments. Avec le temps, un immense dépôt s'est formé au fond du lac. Les objets qui nous intéressent, autrement dit ceux qui composent le trésor, sont beaucoup plus récents. Ils sont donc probablement nettement moins enfouis que les autres.

— Ça aura au moins l'avantage de nous faciliter les recherches, commenta Eddy. Par la suite, de nouvelles trouvailles ont été faites en 2013, mais il s'agissait également d'offrandes constituées de plaquettes d'or et de statues en pierre. Le plus intéressant dans tout ça, c'est que toutes ces fouilles ont été menées dans les parties orientale et méridionale du lac. Nous pouvons donc concentrer nos efforts de l'autre côté du Titicaca, celui qui concerne le territoire péruvien. Nous augmenterons ainsi nos chances de trouver quelque chose d'inédit.

Eddy arrêta son récit et Luis en profita pour reprendre le flambeau.

— Les recherches archéologiques ont démontré que ces régions comprenaient de hauts lieux de culte incas, ce qui explique les découvertes que nous venons de citer. Mais les offrandes ne nous intéressent pas. Comme tu le sais déjà, notre prochaine destination est Puno. De là, nous pourrons aisément partir vers les zones inexplorées du lac. En revanche, cela implique une petite complication technique que nous n'avons pas encore résolue…

— Laquelle ? demanda Stacy.

Luis reposa son gobelet vide sur la tablette.

— La région que nous allons désormais appeler notre secteur de recherche correspond à celle où le Titicaca est le plus profond, ce qui peut avoisiner les 270 mètres. Le plus simple est de démarrer les fouilles avec un sous-marin basique. Celui-ci nous permettra de couvrir de grandes distances rapidement tout en ayant un bon aperçu du fond du lac. Ensuite, une fois que nous aurons repéré quelque chose d'intéressant, nous devrons nous équiper avec du matériel spécialisé. Mais ce ne sera pas évident.

— Le Titicaca se trouve à plus de 3 800 m au-dessus du niveau de la mer, reprit Eddy. C'est le plus haut lac navigable du monde, nous devrons être très prudents à cause de la pression de l'eau. La plongée en altitude nécessite des précautions particulières, et nous devrons très certainement réduire nos temps d'immersion.

Un silence s'installa après ces propos, laissant les réacteurs imposer leur grondement sourd.

— Mais nous verrons cela sur place, conclut Eddy. Cela n'affectera pas beaucoup la première étape avec le sous-marin.

Il ne nous reste plus qu'à trouver un submersible adapté à nos besoins, se dit Luis.

Plus qu'à…

Tout le nœud du problème se trouvait là. Les rapides recherches préparatoires qu'avait menées son ami sur le sujet ne lui avaient pas donné de résultat probant. Le Titicaca ne semblait pas accessible à tout le monde, et Eddy n'avait vu aucune agence de plongée à Puno. Pire que tout, entreprendre une telle expédition sans l'aval des autorités locales constituait même une infraction à la loi.

Fendant le ciel comme une flèche acérée, l'avion poursuivait sa course dans le silence de la nuit, illuminé par l'éclat fantomatique de la lune.

CHAPITRE 4

L'avion amorçait rapidement sa descente en vue de l'atterrissage. Quelques minutes plus tôt, une voix claire avait annoncé leur arrivée imminente à Juliaca, leur ville de transit.

Sous leurs pieds, la capitale de la province péruvienne de San Román étendait déjà les bras de ses quartiers périphériques : installée sur un haut plateau andin, la masse urbaine majoritairement construite en briques de terre cuite se confondait avec le sol aride de la région, connue pour son climat sec. La rivière qui s'écoulait au nord de l'agglomération ressortait avec évidence sur ce fond de nuances ocre, tout comme l'unique piste de l'aéroport Manco Cápac.

Vingt minutes plus tard, les trois Américains se retrouvaient à l'extérieur du bâtiment, valise en main. Dans le ciel, le soleil brillait assez violemment et leur lançait des éclairs aveuglants, pourtant la température ne devait pas excéder les quinze degrés, et un air frais et un léger venait remuer les longs cheveux de Stacy.

Droit devant eux, trônant fièrement face à l'aéroport en renvoyant d'un éclat doré la lumière du jour, une statue de Manco Cápac leur tournait le dos, l'index tendu vers le sud-ouest. Le premier empereur inca semblait attendre ici les voyageurs comme pour les empêcher d'avancer en direction de Cuzco, la ville qu'il avait fondée. L'existence même du dirigeant précolombien suscitait bien des interrogations, mais son nom était surtout synonyme de légendes, certaines d'entre elles évoquant notamment l'origine du peuple inca.

Le groupe d'amis quitta la galerie couverte surplombant l'entrée du hall ; les épaisses voûtes de béton les avaient jusqu'alors épargnés du soleil aveuglant. Ils longèrent rapidement le parking, apercevant plus loin le bus qui devait les emmener vers le Titicaca.

Vers le trésor, pensa Luis, réjoui.

Le car demeura quelques minutes après qu'ils se soient installés. Il traversa le centre-ville de Juliaca et, bientôt, les immeubles de brique firent place à une large voie rapide à l'origine de l'autoroute qui les mènerait à Puno.

Un sol très sec s'étirait tout autour d'eux, parsemé de rochers et de quelques rares touffes de végétation. La route se lançait maintenant dans un véritable désert de cailloux, mêmes les montagnes qui enceintaient la ville s'étaient retirées, ne laissant que cette vaste étendue aride comme perspective.

Luis contemplait ce tableau avec une fascination proche de celle qu'un enfant aurait eue face à un nouveau jouet. Quelques bâtiments isolés surgissaient de temps à autre sous ses yeux, toujours construits de ces briques si caractéristiques à la région, et il fut très surpris d'observer devant l'un d'eux une immense cannette de Coca-Cola promotionnelle. Il ne put s'empêcher de sourire en reconnaissant ce symbole des États-Unis ainsi perdu dans ce paysage insolite.

— Et bien ! déclara soudainement Stacy, ce qui fit sursauter Luis. Jamais je n'aurais pensé trouver un tel objet dans ces contrées.

Elle était assise tout juste à sa droite. Eddy avait pour sa part choisi les deux sièges adjacents, de l'autre côté du couloir central du bus.

— J'aurai plus de place pour dormir, leur avait-il expliqué.

À ce moment, le véhicule franchit un pont enjambant une grande rivière, et les eaux miroitantes sous l'éclat du soleil les aveuglèrent le temps d'une seconde.

— Qu'est-ce qu'il se passe ? demanda alors Eddy en sentant le car ralentir.

Stacy, intriguée elle aussi par le freinage, s'inclina de côté et pencha la tête au milieu du couloir.

— On dirait un contrôle, répondit-elle en regardant à travers le pare-brise, quelques mètres en avant de leur rangée.

Une armature métallique chevauchait les deux voies de la chaussée, dévoilant un grand panneau au fond vert. Trois petites baraques de tôle guettaient les passages sur le côté droit de l'autoroute.

— *Unidad de peaje...* C'est un péage, rien de bien terrifiant.

Parmi les trois, Stacy était la seule à posséder quelques notions d'espagnol. Elle avait eu l'occasion de l'apprendre durant ses études, dans le cadre d'un programme de cours complémentaires. Bien qu'elle ne l'ait jamais vraiment pratiqué par la suite, elle en avait gardé une excellente connaissance et une prononciation quasi naturelle.

— Dites voir, dit Stacy quelques minutes plus tard, je peux vous poser une question ?

Les deux hommes échangèrent un regard, confus par cette demande à la réponse évidente.

— Ce trésor…, commença-t-elle, les yeux baissés sur ses pieds.

L'étonnement de Luis fit rapidement place à l'inquiétude. Stacy n'avait pas même formulé sa requête qu'elle s'était mise à faire tourner les bracelets autour de son poignet. Par expérience, il savait que chaque fois qu'elle agissait ainsi, c'était qu'elle se trouvait dans l'embarras.

Elle releva les yeux vers lui, mais les rabaissa aussitôt, incapable de placer des mots sur ses pensées. Luis observa les deux mains s'agiter au-dessus des genoux de son amie, inquiet.

— Qu'y a-t-il, Stacy ?

Elle resta muette quelques secondes puis le regarda à nouveau, cette fois-ci sans fléchir.

— Pourquoi le cherchez-vous ? Qu'est-ce qui vous motive dans cette aventure ?

Ni lui ni Eddy ne s'attendaient à cette question, aussi le bruit du moteur ronronnant sous leur siège s'imposa-t-il alors qu'ils réfléchissaient à leur explication. Stacy se pinça les lèvres et tenta une autre stratégie.

— Luis, pourquoi as-tu choisi de chercher ce trésor ?

Le regard de leur amie s'était fait lointain, comme s'il était resté accroché par quelque chose, des centaines de kilomètres derrière eux.

— Pourquoi veux-tu savoir cela ? donna-t-il en guise de réponse.

— J'ai besoin de…

Stacy s'apprêtait à fournir une précision, mais elle se ravisa. Ce n'était ni le bon endroit, ni le bon moment.

— Il faut que je m'assure de ne pas avoir commis d'erreur.

Quel serait le bon moment ? se demanda-t-elle alors, regrettant presque aussitôt son manque de courage.

Luis la regarda, l'air inquiet, alors que de petites collines commençaient à se dessiner à l'horizon.

— Tu sais, Stacy, je crois que nous avons chacun notre propre raison, et je crains que l'on ne puisse les comparer.

Elle baissa une nouvelle fois la tête et avala sa salive avec autant de peine que si elle eût essayé d'ingérer une balle de ping-pong. Visiblement, il était décidé à ne pas partager ses motivations avec elle.

— Cela dit, je veux bien te le dire, ajouta Luis.

Stacy le regarda à nouveau, et Luis nota qu'elle avait les yeux humides.

— La nuit suivant notre première allusion au trésor, je n'ai pas pu fermer l'œil. Eddy était tellement déçu, et toi, tu étais perdue entre nos deux choix : partir ou rester. Mes pensées étaient complètement désordonnées et je me suis dit que, en fin de compte, tu avais raison. Mon travail prend trop de place. C'était une bonne occasion pour me changer les idées.

Il marqua un léger arrêt avant de poursuivre.

— Tu sais, à force de risquer ma vie tous les jours, je crois que j'ai accumulé en moi une grande tension dont je n'avais pas conscience. J'ai besoin de l'évacuer avant de le payer de ma santé, surtout que mes loisirs ne sont pas des plus relaxants non plus.

Eddy le regarda, l'air ébahi.

— Tu sais, être flic dans une ville comme New York, c'est pas de tout repos. J'ai beau n'avoir que trente-deux ans, je ressens tout de même une certaine fatigue, et je crois que ce que nous entreprenons va vraiment m'être bénéfique, que l'on trouve le trésor ou non.

Stacy acquiesça, satisfaite de la réponse qu'elle venait de recevoir.

— Et puis, il y a autre chose qui m'a décidé. Le métier que je fais est assez dangereux, il y a bien deux ou trois occasions chaque semaine pour que j'y laisse ma peau, et ça, je crois bien que j'ai de plus en plus de peine à l'accepter.

Il repassa dans sa tête les journées les plus stressantes qu'il avait connues, les arrestations les plus musclées qu'il avait vécues.

Bientôt, le bus traversa un petit village puis s'immisça entre des talus qui émergeaient sur les côtés de la route. Ils avaient maintenant rejoint les collines qu'ils voyaient de loin auparavant, et le terrain se faisait de plus en plus accidenté.

— Et toi ? demanda Luis à son tour. Tu n'étais pas si enthousiaste non plus au début. Qu'est-ce qui t'a finalement décidé ?

Stacy détourna les yeux vers Eddy. Celui-ci regardait dans leur direction, mais il semblait plus occupé à profiter du paysage qu'à participer à la discussion.

Devait-elle le lui dire maintenant ?

— Je... Je ne sais pas.

Une sorte d'appréhension s'était glissée dans sa voix. La réponse lacunaire de Stacy rappela à Luis l'étrange attitude qu'elle avait démontrée deux jours plus tôt, au Jackson's.

Que peut-elle bien avoir en tête ? se demanda-t-il.

Il se remémora alors la Corvette noire et leur départ catastrophique.

La façon que son mari avait eue de revenir vers la maison l'avait fortement dérangé, mais il préféra tourner la question autrement.

— Tu as pu t'arranger avec Chris avant de t'absenter ?

— Laisse-le en dehors de tout ça ! s'exclama-t-elle, faisant sursauter Luis.

Elle se redressa énergiquement sur son siège, ouvrit son sac à la hâte et fit mine d'y chercher quelque chose. Les traits de son visage s'étaient resserrés et son regard pensif avait fait place à un étrange vide.

L'évidence sautait aux yeux : quelque chose ne collait pas avec Chris…

— Regardez !

Eddy tendit le bras au travers du couloir, pointant le doigt en direction de la fenêtre.

Dehors, en aval de la route, quelques champs s'étendaient au pied d'une pente jalonnée de touffes d'herbe. Leurs sillons convergeaient en contrebas jusqu'à une gigantesque surface scintillante qui semblait capturer toute la lumière du soleil tel un miroir pour la rejeter, cent fois plus éclatante. À l'horizon, enfermant cette étendue aveuglante, les crêtes d'une chaîne de montagnes se dressaient dans le ciel en arborant un fin manteau blanc.

— Le Titicaca !

L'exaltation d'Eddy n'avait d'égal que la stupeur de Stacy et Luis, brusquement tirés de leur conversation. Bien décidé à éclaircir la situation de son amie, Luis se résigna néanmoins à y renoncer pour l'instant.

Le fantastique paysage ne demeura malheureusement pas longtemps devant eux. Rapidement, le bus s'éloigna du lac et disparut entre les reliefs escarpés, laissant des bouquets d'arbres touffus se greffer sur ces sols jusqu'alors secs et quasi dénués de végétation.

Quelques minutes plus tard, une poignée d'immeubles apparut au bout de la route. Leur silhouette de terre cuite se confondait avec les terrains alentour, comme si ces bâtiments avaient été taillés par l'homme à même le sol. Derrière ces constructions, quelques antennes se dressaient dans le ciel, longeant une crête rocheuse qui s'élevait en surplomb du quartier. À quelques mètres devant le bus, un grand panneau sautait au-dessus de la chaussée.

Bienvenidos a Puno.

*

Une fois arrivés au terminal terrestre, la gare routière de Puno, les trois amis avaient directement pris la direction de leur hôtel — un bel établissement récemment rénové — où ils s'étaient octroyés un peu de repos. Le voyage avait été éprouvant depuis la veille, et les deux escales imposées n'avaient pas ménagé leurs forces.

— Quel plaisir d'être enfin là ! s'était exclamé Eddy au moment même où ils entraient dans le hall de l'hôtel.

Stacy et Luis partageaient cet avis, et tous deux avaient souri en l'entendant prononcer ces mots. À présent, ils longeaient d'un pas vif l'*Avenida del Puerto*, pressés de débuter les investigations sur le terrain.

— Non, mais, regardez-moi cette rue ! s'écria Eddy en tendant le bras devant lui. On se croirait dans une cour d'usine désaffectée !

L'avenue était composée de deux parties différenciées par la nature de leur sol. Sur la gauche, une piste au bitume fissuré semblait réservée aux voitures. Une série de véhicules y était d'ailleurs stationnée contre le trottoir. En face, du côté droit, une bande de terre d'environ cinq mètres de large couvrait le reste de l'allée, bordée par une ancienne voie de chemin de fer aux abords jonchés de déchets et de cailloux. De petits immeubles se dressaient de part et d'autre de l'avenue, parcourue sur toute sa longueur par une autoroute de câbles électriques reliant entre eux les lampadaires. La plupart des bâtiments ne dépassaient pas deux étages, troquant par endroit leur façade de briques rouges et ternes pour un simple mur bas derrière lequel devait se cacher un terrain vague.

Une impression de construction inachevée se dégageait de cet ensemble, davantage renforcée par cet homme émacié qui exhibait un stand miteux de légumes et céréales.

— Ouais… fit dubitativement Luis en observant le marchand, s'interrogeant sur la façon dont tenait encore debout son installation. C'est vrai que c'est pas le genre de lieu où j'aimerais me trouver seul à deux heures du matin…

Peu après, ils atteignirent l'extrémité de l'*Avenida del Puerto*, laquelle les avait menés à une rue longeant à distance la rive du Titicaca. Devant eux, de l'autre côté du carrefour, des grilles métalliques bloquaient l'accès à la zone qui s'étendait au-delà, recouverte d'une végétation rase et sèche. Sous leurs pieds, la voie ferrée qu'ils avaient suivie se scindait en deux juste avant la barrière et poursuivait sa course jusqu'au bout de cette langue de terre jetée sur les eaux du lac. Là-bas, ils devinaient quelques cabanons vétustes et la structure aérienne d'une ou deux modestes grues portuaires.

Luis, Eddy et Stacy s'élancèrent dans la rue latérale qu'ils venaient de rejoindre et atteignirent moins d'une minute plus tard l'*Avenida Titicaca*, la grande artère reliant le centre historique à l'embarcadère touristique.

Celle-ci était formée de deux doubles voies de circulation à sens unique séparées par une rangée de pins et un trottoir. Un large plan d'eau calme s'ouvrait sur la gauche de l'avenue alors que, de l'autre côté, la terre ferme chassait le lac un peu plus loin et faisait place à un vaste complexe de halles métalliques. Quatre ou cinq entrées invitaient les passants à s'y aventurer, dévoilant les contours estompés par le contraste lumineux de quelques échoppes commerciales.

Bienvenidos al marcado artesanal, pouvaient-ils lire sur le panneau surplombant l'une des portes.

— On pourrait y faire un tour, suggéra Stacy en désignant l'ouverture sur leur droite.

— Pas question, répliqua Luis sans tourner la tête. On n'est pas venu pour dépenser de l'argent, mais pour en récolter.

Stacy se renfrogna, déçue de sa réponse. Elle savait qu'il appréciait tout autant qu'elle de parcourir des stands de bricoles, mais ce n'était apparemment pas le cas aujourd'hui. Quelque chose de beaucoup plus important occupait son esprit.

Nous devons absolument trouver un sous-marin, se répétait-il dans sa tête.

— Allons plutôt admirer le lac, histoire de voir ce qui nous attend.

Ils atteignirent en quelques minutes le bout de l'*Avenida Titicaca*. À cet endroit, la route s'élargissait en formant une boucle qui revenait vers la ville. Au creux du virage, une petite place avait été aménagée, agencée avec quatre bancs circulaires. Quelques touristes traversaient aléatoirement l'esplanade et passaient devant un mémorial qui se trouvait juste derrière, dans un espace protégé par des buissons taillés bas.

Devant eux, deux modestes baraques marquaient le début d'un embarcadère en pierre qui s'avançait sur une trentaine de mètres, entouré de part et d'autre de petits bateaux touristiques bleu et blanc. Tout au bout, les trois amis devinaient un prolongement en bois du quai, planté dans le lac et recouvert d'un léger toit métallique. Par-delà, les eaux d'un bleu intense appelaient au large, agitées par un courant frais et vivifiant.

— Et ben voilà, on y est… murmura Luis en admirant ce paysage.

— Regardez, fit alors Stacy, restée un peu en retrait.

Les deux hommes se retournèrent.

Derrière eux, au bout de l'avenue qu'ils venaient de parcourir, la cité s'étirait en continu au pied de grandes collines escarpées sur lesquelles s'accrochaient encore quelques immeubles, minuscules depuis ici.

Sans doute les quartiers pauvres, imagina Luis qui avait en tête des images de bidonvilles sud-américains.

À environ quinze mètres sur leur droite se dressait un petit phare rouge et blanc, marquant en même temps l'origine d'une longue digue piétonne. Cette dernière séparait le Titicaca du plan d'eau qu'ils avaient aperçu avant et se prolongeait du côté du lac par une bande de terre tendre parsemée d'herbe touffue. Quelques oiseaux s'y prélassaient, les pattes plongées dans l'eau, et, cinq mètres plus loin, une série de bateaux était alignée le long de la promenade côtière.

— Bon, dit Eddy en s'approchant du bord. L'heure est venue de résoudre notre principal problème. Je n'ai pour l'instant pas réussi à trouver de location de sous-marin grâce à internet, peut-être aurons-nous plus de chance sur place ?

— Allons jeter un coup d'œil, répondit Luis. Mais d'abord, j'aimerais m'adresser à ce guichet.

Il tendit la main vers la petite cabane, à côté de l'embarcadère touristique. Un écriteau indiquait *Informaciòn turistica*.

— Ça, c'est bien vu ! s'exclama Stacy après avoir lu le panneau. Ils doivent bien pouvoir nous renseigner.

Elle s'élança dans cette direction, mais Eddy la rattrapa par l'épaule.

— Qu'est-ce qu'il y a ? demanda-t-elle en se retournant.

— C'est un peu plus subtil que cela, commença Eddy en la relâchant. Selon les informations que j'ai trouvées, les fouilles sous-marines de ce lac ne peuvent se faire sans autorisation officielle, ce qui veut dire que nous risquons de rencontrer quelques difficultés sur notre chemin. Autant le dire tout de suite : nous n'avons pas ces autorisations. Il paraît aussi que certains peuples indigènes vivant sur le Titicaca vouent une adoration sacrée à celui-ci. Ils toléreraient que d'autres personnes y plongent, mais dans certaines régions, ils tiendraient également à ce qu'un rituel de reconnaissance aux divinités soit fait avant même d'entrer en contact avec l'eau.

Stacy dévisagea Eddy et son regard se fit sombre.

Luis devina immédiatement qu'elle n'avait pas apprécié ce nouveau détail. Il avait déjà affronté à plusieurs occasions ces yeux-là.

— Et comment comptez-vous plonger là-dedans ? fit-elle en croisant les bras.

— Eddy voulait en parler l'autre soir, au *Jackson's*, quand tu as dû partir subitement, répondit Luis. Nous y avons donc réfléchi tous les deux, et la décision n'a pas été facile à prendre… Ces autorisations demandent du temps, et il semblerait que la présence d'un représentant du pays où s'effectuent les recherches soit obligatoire durant l'expédition.

Stacy continua de les observer à tour de rôle, le regard toujours plus menaçant.

Elle ne va pas aimer la suite, se dit Luis. *Mais nous n'avons pas le choix.*

— Et alors ? s'enquit-elle.

— Et bien… Nous nous sommes mis d'accord pour plonger dans ce lac de la façon la plus discrète possible, c'est-à-dire en le faisant de nuit, tout simplement.

Un lourd silence suivit cette révélation.

— Tout simplement ? répéta Stacy d'un ton neutre.

— Tout simplement. C'est aussi bête que ça.

Luis sentit pourtant bien qu'elle n'était pas convaincue et, rapidement, il vit son visage se crisper.

— Mais vous êtes complètement malades ! s'écria-t-elle en lançant ses bras en l'air. Vous savez qu'on risque gros en faisant ça ?

— On risque gros, mais on mise gros aussi ! ajouta fièrement Eddy, un grand sourire aux lèvres.

Stacy se tourna vers lui.

— Parce que tu crois qu'ils vont vous laisser garder le trésor ? Alors qu'il a été ramassé de la façon la plus interdite qui soit !

À présent, elle était vraiment en colère. Ses mains tremblaient sous l'émotion et ils sentaient bien qu'elle se retenait difficilement de hurler.

— Non, mais dans quoi me suis-je embarquée ! s'exclama-t-elle, les yeux larmoyants. C'est pas possible !

Elle avait dit ça plus pour elle que pour eux, mais les deux amis étaient embarrassés de la voir ainsi émue. Ils savaient que le procédé envisagé était illégal, mais ils avaient préféré ne pas s'arrêter sur ce détail. C'était la seule solution pour que leur projet se poursuive rapidement.

— Écoute, Stacy, je suis désolé. Nous aurions dû te le dire avant, mais…

— Ça, c'est sûr ! Mais non ! Vous étiez tellement pressés de partir ! Vous n'auriez même pas fait de recherches s'il y avait eu un avion plus tôt !

Son regard leur lançait des éclairs, foudroyants comme l'orage.

— Luis, tu es policier ! Tu peux pas faire une chose pareille ! Où est passé ton bon sens ?

— Stacy…

— Tu vas te faire renvoyer si on se fait attraper !

Il la considéra, impuissant devant sa fureur. Elle avait raison.

Et il le savait.

— Si on le trouve, souleva Eddy, nous n'aurons même plus besoin de travailler.

— Si on le trouve, si on le trouve… Vous avez une chance sur vingt millions de dégoter ne serait-ce qu'une perle au fond de ce lac ! Comment pouvez-vous croire à ça ?

Luis sentit son cœur faire un bond en lui.

— Tu n'y crois pas, toi ? lui lança Luis.

Elle arrêta de gesticuler et le regarda droit dans les yeux, sans perdre son irritation.

— C'est pas ce que j'ai dit.

— Tu n'y crois pas ? répéta Luis un peu plus fort.

Elle le fixa pendant dix bonnes secondes et finit par avouer.

— Non, je n'y crois pas. Je n'y ai jamais cru. Je veux bien accepter qu'il y ait un trésor au fond de ce lac, mais je ne crois pas que nous puissions le trouver.

Tout devint silencieux autour de lui. Les touristes enjoués avaient disparu, l'eau du Titicaca s'était évaporée et les bateaux qui dansaient devant ses yeux s'étaient volatilisés dans un épais brouillard blanc. La terre même semblait s'être ouverte sous ses pieds, prête à l'avaler lui aussi.

— Pas avec nos moyens, compléta-t-elle.

Sa voix s'était faite plus calme, mais toujours sèche, et les trois amis continuaient de se dévisager comme si un crime venait d'être avoué. Dès le premier jour, Stacy avait clairement annoncé qu'elle désirait participer à cette aventure.

Pourquoi être venue si elle ne croit pas en notre réussite ?

Luis se rappela tout d'un coup leur discussion dans le car. Elle voulait vérifier quelque chose.

Être sûre de ne pas avoir commis d'erreur. C'était ce qu'elle avait dit. Mais elle n'avait rien répondu et s'était faite absente. Incapable d'avouer.

À présent, l'évidence sautait aux yeux, et Luis revit alors les chiffres qu'Eddy lui avait envoyés par SMS après la réservation des vols. Son sang afflua jusqu'à ses tempes qui se gonflèrent aussitôt d'une intense chaleur.

— 1 200 $! s'exclama-t-il. Ed a avancé 1 200 $ pour ton billet d'avion ! Et qu'y a-t-il au final ? Rien ! Pas la moindre conviction !

Elle lui lança un regard encore plus noir qu'avant, fulminant de rage.

— Je pensais que la valeur de ma présence était plus importante que celle d'un billet !

— C'est pas ce que je voulais dire ! répondit-il, voyant des larmes couler sous les yeux de son amie.

— Rien à foutre ! Démerdez-vous avec votre trésor !

Elle passa à leur côté sans relever la tête et s'éloigna d'un pas rapide en direction du centre-ville.

— Stacy !

Mais il était trop tard.

Tête baissée, elle longea l'avenue Titicaca sans se retourner et disparut au loin, avalée par la ville inconnue.

CHAPITRE 5

On aurait dû lui courir derrière, se reprocha Luis, la tête posée au creux des mains.

Mais il était trop tard. Tous deux avaient simplement regardé leur amie s'éloigner, incapables de bouger. Incapables d'oublier l'or inca. En ce moment, l'air revigorant du Titicaca ne leur paraissait plus aussi savoureux, et même le soleil qui les avait accompagnés depuis leur arrivée au Pérou était à présent enveloppé dans une épaisse masse de nuages grisâtres.

— On peut pas continuer comme ça, déclara finalement Eddy en se levant.

Le départ précipité de Stacy les avait plongés dans un profond embarras, et cela faisait maintenant plus de trois quarts d'heure qu'ils étaient assis sur ce banc, observant en silence les allées et venues des gens et espérant la voir réapparaître.

Mais à quoi bon ? Luis avait la désagréable impression d'être revenu huit ans en arrière.

Il avait alors 24 ans et venait de commencer sa carrière dans la police. Trois ans avant, il avait été promu officier au sein du *New*

York Police Department. Les débuts ne furent pas évidents ; ceux qui l'avaient jadis arrêté étaient devenus ses collègues, et certains d'entre eux lui avaient mené la vie dure dans les premiers temps, voyant cet ancien détenu comme un criminel. Ils ne comprenaient pas comment cet homme avait pu intégrer les forces de l'ordre après les infractions qu'il avait commises.

Longtemps, ce statut avait pesé sur les épaules de Luis, et même cinq ans après sa sortie de prison, l'ombre de sa jeunesse planait toujours sur lui au travers de ces critiques. Mais il avait démontré une réelle volonté de réussir et mettre une croix sur ce passé désastreux, aussi les choses avaient peu à peu changé.

À cette époque, il habitait avec Stacy dans un petit appartement dans le *Upper West Side*. Elle suivait ses études de médecine et ils ne disposaient que de peu de moyens. Luis racontait tous les soirs à Stacy les missions de sa journée, persuadé que cela la fascinait autant que lui. Il ne manquait pas de lui présenter chacune des tâches qu'il effectuait, allant de la banale surveillance de quartier à l'arrestation la plus compliquée qui soit. À la fois émerveillé d'avoir réussi cette ascension professionnelle et passionné par son travail, Luis ne pouvait s'empêcher de confier les ennuis qu'ils rencontraient avec ses collègues encore trop focalisés sur son passé. Durant ces moments, Stacy le regardait et se contentait d'écouter, d'abord avec entrain, puis, peu à peu, son esprit s'égarait ailleurs, perdu entre ses cours, la fatigue et la tristesse. Elle regrettait l'époque où tous les deux avaient plus de temps pour eux, pour profiter ensemble des joies de la vie. Elle regrettait ces jours où, juste après s'être mis ensemble, le monde entier pouvait s'écrouler autour d'eux sans qu'ils y prêtassent la moindre attention. Trop indulgente envers lui, Stacy ne pouvait se résoudre à l'interrompre pour parler d'autre chose. Elle réduisit alors ses heures d'étude pour en gagner avec Luis, mais ce n'était que nourrir encore plus le loup affamé…

Une fois, elle avait fini par ne plus supporter ses histoires et lui avait tout déballé d'un coup, cédant sous les larmes. Luis ne comprit pas son vrai besoin et décida de redoubler d'efforts pour parvenir plus rapidement à stabiliser sa situation professionnelle. Il devait réussir.

Un soir, Luis avait retrouvé l'appartement vide en rentrant sa journée. Stacy avait bouclé ses valises et était partie, laissant simplement un petit mot sur la porte : *Moi ou ton travail*. Pendant deux mois, elle avait refusé de répondre à ses appels téléphoniques, seul Eddy pouvait lui fournir quelques informations superficielles puisqu'il ne voulait pas s'immiscer dans leurs affaires. Mais Luis avait bien senti qu'il était trop tard. Celle qu'il n'avait pas su assez aimer ne reviendrait plus.

Alors qu'il avait fait une croix sur elle, Stacy était soudainement venue sonner un soir à sa porte, complètement effondrée. Il l'avait laissée entrer et tous deux s'étaient bien tenus dix minutes en silence, ne sachant que dire à l'autre. Enfin, elle lui répéta tous les reproches qu'elle lui avait adressés trois mois plus tôt, tout ce qu'elle lui avait déjà dit qu'il semblait ne pas avoir assimilé. Malgré ça, elle lui avoua combien il comptait beaucoup pour elle, mais qu'elle ne pouvait plus s'imaginer vivre avec lui. Tous deux s'étaient finalement accordés pour rester amis, bien que Luis n'eût jamais renié les sentiments qu'il éprouvait toujours pour elle.

Aujourd'hui, cette même sensation réveillait en lui, comme si Stacy était définitivement partie et qu'elle ne reviendrait pas de sitôt. Il sentit ses yeux s'embrumer peu à peu en la voyant se faufiler seule dans les petites ruelles à moitié abandonnées de cette grande ville qu'était Puno.

— Luis, on peut pas continuer comme ça ! répéta Eddy devant le mutisme de Luis. Il faut qu'on fasse quelque chose !

Il releva la tête, sans dire un mot.

— Allez, quoi ! On va pas rester là les bras croisés !

— Et pour faire quoi ? grommela Luis, l'esprit égaré.

Il connaissait la réputation de certaines villes d'Amérique du Sud quant à leur sécurité et ne put s'empêcher d'imaginer Stacy face à une bande de guérilleros armés.

— Merde quoi ! s'exclama Eddy en levant les bras. On doit faire un truc ! On n'est pas venu ici pour rien !

— Laisse tomber. On n'a aucune chance de trouver quoi que ce soit.

— Mais enfin, Luis, reprit-il d'une voix plus calme, tu y croyais, non ? On peut y arriver !

— Bordel, Eddy ! s'écria Luis. Stacy vient de foutre le camp, et on n'a rien fait pour l'en empêcher ! Merde ! Imagine s'il lui arrivait quelque chose !

Ils s'observèrent tous les deux, partagés entre leurs différentes priorités.

— Merde Luis, c'est pas notre faute ! J'aurais jamais pensé qu'elle réagirait ainsi.

Luis évalua cette réponse. Lui aussi n'aurait jamais songé qu'elle s'emporterait à ce point. Seulement, il se sentait un peu responsable. Au fond, il n'avait pas été très gratifiant dans ses propos.

— Eddy, tout est ma faute. Je ne peux pas le nier.

— Tu pouvais pas deviner !

Si, je pouvais. Je devais.

À vingt-quatre ans, il n'avait pas su l'écouter. Pas comme elle le souhaitait. Cette première erreur ne pouvait pas être répétée innocemment.

— Bon, je vais être clair, reprit Eddy. Si on reste là, moi, je rentre à l'hôtel !

Il avait commis l'erreur à l'époque, mais elle était revenue. Au moment où il espérait le moins, elle était revenue.

— Quitte à l'attendre, autant le faire dans la chambre, poursuivit Eddy. Au moins je pourrais dormir un peu !

Oui, sans aucun doute, elle allait revenir. La résurgence des émotions et souvenirs du passé l'avait abattu sur le moment, mais c'était infondé. Stacy n'était pas une personne fragile, il la connaissait, et cette altercation n'avait rien de vraiment sérieux.

— Bon, je te laisse deux minutes ! Soit tu restes là et je m'en vais, soit on continue maintenant, avec ou sans elle !

Luis savait ce qu'il devait faire.

Stacy finira par revenir, comme la dernière fois.

Eddy était en fait prêt à attendre son ami autant de temps que nécessaire, conscient qu'il ne lui proposait pas un choix facile, mais celui-ci se leva subitement.

— Alors ?

— Allons-y, annonça Luis en ramassant son sac qu'il hissa sur l'épaule. Tant pis pour elle. Je la connais, elle changera d'avis d'ici peu. Nous la retrouverons à l'hôtel.

Eddy sourit à ces propos, mais ce n'était qu'un sourire de façade. Le départ de leur amie l'affectait en réalité bien plus qu'il ne le faisait paraître. Voir Stacy plonger dans cet état au centre d'une ville inconnue lui laissait le cœur gros, mais il savait qu'il était impuissant face à cela.

— Bon, qu'est-ce qu'on fait alors ?

— Ce que nous aurions dû faire il y a plus d'une heure.

Luis prit la direction du guichet touristique, tout près du ponton de bois, suivi par Eddy.

Ce que nous aurions dû faire…

Eddy avait justement arrêté Stacy alors qu'elle voulait se renseigner au guichet, mais elle était bien trop enthousiaste et ignorait la situation délicate dans laquelle ils se trouvaient. L'information qu'ils cherchaient était plutôt étrange, une mauvaise formulation pouvait éveiller des soupçons liés aux restrictions d'accès du Titicaca. Il fallait donc tourner la chose avec diplomatie pour éviter les problèmes.

— Bonjour Monsieur, dit Luis au Péruvien installé derrière le comptoir. Dites-nous, est-il possible de plonger sous le lac ?

L'employé les considéra tous les deux.

— Ça dépend… Vous voulez aller loin ?

Luis hésita. Tout l'enjeu était dans cette subtilité.

— Je ne sais pas. Où pouvons-nous découvrir les plus beaux lieux sous-marins ?

L'homme réfléchit un instant tout en les inspectant du regard. Luis sentit son cœur s'accélérer alors qu'ils attendaient la réponse.

— C'est bien simple, lâcha-t-il finalement. Ce lac n'est pas un site de plongée. Si vous voulez aller sous la surface, vous devez avoir votre propre matériel, ainsi que l'aval des autorités locales.

Dans l'esprit de Luis, ces propos résonnèrent comme un marteau contre une cloche. Il s'y attendait un peu, mais la dureté de cette réalité lui serra le cœur.

« Pas un site de plongée ».

Comment allaient-ils s'y prendre ?

— Ici, ajouta l'employé derrière sa vitre, vous ne trouverez aucun magasin ou offre de service en lien avec la plongée sous-marine. Impossible.

Les deux hommes le remercièrent et s'éloignèrent en direction du phare.

— Et maintenant ? fit Eddy.

— Et maintenant, on va voir par nous-mêmes.

Eddy ne comprit pas immédiatement ce qu'il voulait dire, mais quand Luis vira à droite, juste devant le phare, et s'avança sur la digue pavée, Eddy aperçut les bateaux amarrés et s'illumina.

— Dis donc ! Tu perds pas tes neurones dans les remous émotionnels, toi !

— Déformation professionnelle, répondit Luis. Pour un flic, c'est primordial.

Ils longèrent rapidement la jetée qu'encadraient de petites barrières rouge métallique. Du côté lac, les navettes touristiques semblaient valser au gré du courant qui remuait les flots alors que, vers la ville, la vaste étendue d'eau retenue par la digue piétonne reléguait les premiers immeubles de Puno deux cents mètres plus loin.

— Un sous-marin, c'est fait pour plonger, on est d'accord ? demanda Luis sans attendre de réponse. Le meilleur moyen d'en dénicher un reste donc de chercher là où elle se trouve.

La promenade s'allongeait bien sur cinq cents mètres de distance et, après un léger virage sur la droite, rejoignait les quartiers au nord de la ville où d'autres bâtiments grimpaient sur les collines côtières. Les bords de la jetée auparavant bien dégagés étaient ici envahis par de vigoureux roseaux, et plus aucune embarcation n'était amarrée dans les environs.

Un quart d'heure plus tard, les deux amis atteignirent l'extrémité de la digue. Pendant leur marche, ils avaient parcouru du regard l'ensemble des bateaux visibles, mais tous se ressemblaient et rien ne laissait supposer qu'un sous-marin eût pu se cacher parmi eux. Un épais voile gris avait recouvert le ciel et l'air était devenu froid et lourd.

Un orage était en approche.

— Bon, voilà ce que je te propose, expliqua Luis en s'arrêtant, les yeux rivés sur les nuages. On repasse tout le port en revue, et ensuite, on va manger un morceau.

Ils firent aussitôt demi-tour et renouvelèrent leur recherche. Entre-temps, un petit vent s'était levé, faisant remuer les coques des bâtiments et, alors qu'ils franchissaient à nouveau le phare, un puissant éclair déchira le ciel au large de la côte.

— Dépêchons-nous de nous mettre à l'abri.

Seules quelques minutes les séparaient de la tempête, aussi Eddy et Luis s'empressèrent de remonter l'avenue Titicaca sur quelques dizaines de mètres avant de s'engouffrer dans un restaurant, non loin de l'embarcadère. Ils s'installèrent à une table près de la fenêtre et virent alors les premières gouttes tomber pendant qu'ils passaient commande. Leur discussion fut jalonnée d'interrogations, ni l'un ni l'autre ne sachant vraiment quelles possibilités ils avaient pour continuer leur chasse au trésor.

La piste du sous-marin s'achevait là, mais c'était pourtant l'unique moyen d'explorer les fonds du lac. Ils envisagèrent un instant de faire acheminer l'engin depuis l'étranger mais, tenant compte des contraintes administratives imposées par la loi, ils se ravisèrent et décidèrent qu'au retour de Stacy, ils se rendraient dans une autre ville côtière du Titicaca.

Une voix ténébreuse s'éleva alors au-dessus d'eux.

— J'ai peut-être ce qu'il vous faut.

Luis et Eddy relevèrent la tête en même temps.

Un homme aux cheveux sombres se tenait derrière eux, vêtu d'un costume gris très sobre. Son visage mal rasé et la longue cicatrice qu'il portait sur la joue gauche lui conféraient un air inquiétant, renforcé encore par de profonds yeux noirs.

L'inconnu ouvrit son complet et déposa le veston sur le dossier d'une chaise qu'il poussa vers leur table pour s'y asseoir. Les deux amis continuèrent de l'observer d'un œil prudent alors qu'il remontait ses manches, laissant succinctement apparaître une montre ornée de diamants. Luis, irrité par cette intrusion dans leurs affaires, répliqua froidement :

— Qui êtes-vous ?

Dehors, la pluie s'était intensifiée. Les gouttes s'abattaient violemment contre leur fenêtre et de brusques rafales faisaient ployer les branches des arbres alignés au milieu de l'avenue.

— Vous cherchez un sous-marin, c'est exact ? reprit le mystérieux individu d'une voix rauque, éludant la question qui lui était adressée.

Il s'exprimait dans un anglais approximatif, et une forte odeur de tabac émanait de son sillage.

— Vous désirez plonger dans le lac, mais n'avez pas les autorisations nécessaires ?

— Ce... C'est exact, répondit Luis, troublé.

La compréhension qu'avait cet inconnu de leur situation ne le mit pas à l'aise. Il avait sûrement écouté leur conversation, et Luis n'appréciait pas d'être ainsi surveillé. Surtout compte tenu du sujet...

— Alors, voilà ma proposition, reprit l'homme en costume. Je sais où trouver un sous-marin, mais je ne peux vous en dire plus pour l'instant. Et surtout pas ici...

L'inconnu balaya la salle des yeux et Luis en profita pour échanger un regard perplexe avec Eddy, tout aussi déconcerté.

— Rendez-vous ce soir, à 22 h 30, au pied de la cathédrale, annonça-t-il simplement avant de se lever et de remettre son veston. Et venez seuls.

L'homme à la cicatrice vissa alors son chapeau sur la tête et sortit du restaurant, marchant d'un pas vif sous l'averse incessante. Une minute à peine s'était écoulée depuis le moment où il s'était annoncé, mais les deux amis restèrent interdits et l'observèrent disparaître sous pluie battante.

— C'était qui, ce mec ? demanda Eddy.

— C'est bien la question à laquelle il n'a pas daigné répondre, dit Luis, songeur. Ce type est louche. On ne le connaît pas et lui ne nous connaît pas.

Eddy scrutait l'extérieur, le regard perdu.

— Ouais, mais… Tu as entendu ?

Son visage s'était fait jovial.

— Il sait où l'on peut trouver un sous-marin. C'est exactement ce qu'il nous faut !

Luis restait de marbre.

— C'est parfait ! Tellement parfait qu'on n'ira pas à son rendez-vous !

Eddy sursauta.

— Quoi ? Ce type peut nous aider, il suffit…

— Non. C'est sûrement une arnaque. Je connais les villes sud-américaines, j'en ai entendu de belles à leur sujet, au boulot. Les gens sont prêts à tout pour escroquer les touristes.

— Allez, arrête ! répliqua Eddy en s'appuyant contre son dossier. Il ne faut pas voir le mal partout, c'est un coup de chance d'être tombé sur quelqu'un qui peut nous dépanner !

Luis fronça les sourcils.

— Ou nous planter un couteau entre les épaules, au coin d'une rue. D'ailleurs, si tu veux mon avis, c'est plutôt lui qui nous est tombé dessus.

Eddy réfléchit un instant.

— C'est vrai, c'est lui qui nous a repérés. Mais je crois que nous devrions étudier l'hypothèse. Pourquoi ne pas aller à ce rendez-vous tout en restant vigilants ?

Luis fixa l'assiette vide d'Eddy. Cet inconnu pouvait les aider... Tout du moins le prétendait-il.

« Je sais où trouver un sous-marin ».

Au vu des résultats obtenus lors de leur inspection au port, il semblait impossible que Puno héberge ne serait-ce qu'un seul sous-marin. Et puis, comment ce type pouvait-il savoir qu'ils ne détenaient pas d'autorisation de plongée ? Cet élément interpela Luis. Cet homme proposait son aide à des gens entreprenant des choses interdites... Quelle motivation pouvait bien cacher une telle charité ?

— Je ne sais pas, Ed...

Luis préférait l'idée de changer de ville. Malheureusement, cela les détournait de la zone de recherche qu'ils avaient fixée puisqu'aucune autre localité d'importance ne se trouvait dans cette région du lac. Depuis Puno, ils auraient pu atteindre rapidement le large et sonder les fonds inexplorés qui les intéressaient.

— Je te rappelle que tu es policier, n'oublie pas, fit Eddy. Désarmer des criminels, tu sais le faire. On est tous les deux rodés aux corps-à-corps.

Effectivement, les deux amis étaient parmi les meilleurs gars de leur gang, bien des années plus tôt, et Luis en était conscient. Dans la majorité des cas, ils ressortaient grands vainqueurs des rixes fréquentes des quartiers où ils étaient établis. Depuis, Luis avait acquis une maîtrise plus technique des combats grâce à sa formation d'officier de police mais, habituellement, il portait un uniforme adapté à ce genre de confrontation, ainsi qu'une arme...

Malgré le flou qui l'entourait, l'offre de l'inconnu était intéressante. Par opposition, un changement de ville leur ferait perdre trop de temps. Leurs moyens étaient limités, ils ne pouvaient pas se le permettre. Et puis, Eddy avait raison. Tous deux savaient se défendre.

Luis tendit la main et attrapa le couteau posé dans son assiette. Celui-ci avait déchiré à la perfection les fibres de son steak quelques minutes plus tôt…

— OK, nous irons à la cathédrale.

Il prit un air encore plus sérieux et brandit la lame devant lui.

— Mais nous avertirons Stacy et lui laisserons de quoi rentrer aux États-Unis si la situation devait mal tourner pour nous !

Un flash aveuglant illumina la salle, suivi d'un fracas assourdissant. Les roulements menaçants du tonnerre grognant dans le ciel depuis tout à l'heure avaient cédé leur place à une véritable tempête. La pluie avait redoublé d'intensité, créant au sol de grandes flaques turbulentes qui s'élargissaient de minute en minute. Un puissant souffle balayait la ville côtière, et ils pouvaient deviner les coques des bateaux déchaînées s'entrechoquant au-delà du phare, près de la digue.

Luis jeta un coup d'œil aux serveurs, puis glissa discrètement le couteau denté dans sa poche en en perçant le fond afin que son manche ne dépasse pas à l'extérieur.

— J'espère qu'il fera un peu meilleur cette nuit, conclut Eddy en vidant le reste de son verre.

Le temps était en furie : de grosses gouttes s'écrasaient sauvagement à terre dans un fracas infernal. Un homme mouillé des pieds à la tête passa à toute allure, tenant fermement son chapeau sur la tête. À ses côtés, des chaises en plastique se promenaient sur le trottoir, emportées par les bourrasques en faisant grincer le sol.

Un autre éclair déchira le ciel et baigna le port de son éclat éblouissant, dévoilant la silhouette hâtive d'une femme qui se pressait sur l'avenue en direction du phare. Luis plissa les yeux et la suivit du regard jusqu'à ce qu'elle passe devant le monument.

Alors il sentit son cœur se serrer. La femme tenait quelque chose d'encombrant dans les bras, mais ses vêtements détrempés par la pluie démentielle ne laissaient aucun doute.

Cette femme, c'était Stacy.

CHAPITRE 6

L'estomac de Luis se retourna.
— Eddy ! Viens vite !
Il bondit sur ses pieds et enfila précipitamment son veston. Son ami sursauta et le dévisagea.
— J'ai vu passer Stacy !
— Hein ?
Moins de dix secondes plus tard, ils bondissaient tous les deux dehors, suivant la direction qu'elle avait prise.
— Elle est partie vers l'embarcadère ! cria Luis pour surpasser le rugissement de la tempête.
La pluie s'écrasait avec une telle intensité qu'ils étaient déjà trempes, mais ni l'un ni l'autre n'y prêta attention. Marchant d'un pas rapide, ils ne parvenaient pas à distinguer qui que ce soit dans leurs environs. La nuit tombante et le ciel assombri s'étaient alliés pour rendre la vue difficile, et la violente averse formait un véritable rideau d'écume devant leurs yeux. Les lampadaires transperçaient ce voile d'eau et d'ombre d'une lueur morose qui s'atténua un peu plus encore lorsque les deux Américains arrivèrent vers le cabanon des

renseignements.

— Stacy ! hurlèrent-ils à s'en casser la voix, luttant contre les éléments. Stacy !

Mais seul le vent déchaîné leur répondait. Face à eux, les innombrables navettes touristiques qu'ils devinaient dans la pénombre se heurtaient dans un grondement tumultueux, balancées par les vagues qui labouraient le Titicaca. Un éclair illumina le port, dévoilant une forme obscure gisant au sol, quelques mètres devant eux...

Luis se pressa en direction de l'objet.

— Eddy ! Son sac à main !

Eddy le rejoignit et Luis ramassa l'accessoire d'un geste vif. Tout le tissu était imprégné d'eau.

— Pourquoi l'a-t-elle laissé là ?

Luis l'ouvrit aussitôt mais resta perplexe : rien ne semblait manquer de ce qu'il eut pu attendre à y trouver, mais l'ensemble des objets s'était humidifié avec la pluie.

— Pourquoi l'a-t-elle laissé ici ? répéta Luis, d'une voix trahissant la panique.

Ils continuèrent leur chemin vers l'extrémité du quai, et leurs appels sonnaient comme des cris de frayeur que l'orage s'amusait à détruire impitoyablement.

— Stacy !

Un éclair aveugla la nuit, dévoilant une silhouette sombre, tout au bout de l'embarcadère. Luis et Eddy se mirent à courir. Une vive douleur transperça alors le haut de sa cuisse, puis une chaleur humidifia sa peau à l'endroit exact où il avait eu mal.

Le couteau...

Oubliant aussitôt cette blessure, Luis s'arrêta à deux mètres du corps dressé tel un phare au cœur de la tempête.

Stacy, debout à l'extrémité du ponton de bois, contemplait les violents remous des eaux, comme fascinée par quelque chose qui eut pu se trouver sous la surface ténébreuse du lac en furie.

— Stacy !

La voix de Luis avait retenti comme un cri de détresse au milieu d'un champ de bataille, et Stacy tourna la tête. Ses longs cheveux imprégnés des larmes du ciel collaient le long de son visage, perdu entre désespoir et colère. Essoufflés et anéantis, ses deux amis étaient restés plantés à deux mètres d'elle, fixant la jeune femme comme si elle sortait d'un asile.

— Stacy…

Les yeux de Luis passèrent de ses traits contractés à l'énorme objet qu'elle portait. Tout d'un coup, il crut recevoir un violent coup au creux du ventre.

Dans les bras de son amie reposait un gros déchet de béton armé défoncé autour duquel se tordait une vieille corde, fermement nouée et reliée à sa cheville. Devant elle, les griffes glacées du Titicaca refermaient sur ses pieds leur étreinte torrentielle.

— Qu'est-ce que tu…
— Foutez-moi la paix ! hurla-t-elle aussitôt.

Son regard était foudroyant. Une expression mêlée de terreur et de rage perçait l'obscurité jusqu'à eux. Ni l'un ni l'autre n'osait faire un pas de plus vers elle.

Ce lourd bloc…

— Tirez-vous ! s'écria-t-elle. Je veux plus vous voir !

Ses yeux crispés brillaient dans le noir, mais il était impossible de dire si c'était la pluie ou les larmes qui les rendaient ainsi scintillants. Luis ressentit alors un énorme poids en lui, comme si le fragment de mur que tenait son amie s'était retrouvé dans son estomac.

— Stacy, s'écria Luis d'un faussement calme. Ne fais pas ça !
— Et pourquoi pas ?

Un trait zébré déchira le ciel, éclatant de lumière.

— Stacy, je… Je suis désolé, dit Luis qui sentit le bloc de béton grandir dans ses intestins. Je me suis emporté.

— Tais-toi ! Tu ne peux pas comprendre !

Sa voix saccadée prouvait à Luis qu'elle était en pleurs.

— Tu ne peux jamais comprendre !

Elle éclata en sanglots, s'assit sur le rebord du ponton, les pieds trempant dans les flots agités, et enfouit la tête entre ses mains. Elle avait lâché le lourd bloc de béton qui avait rebondi dangereusement contre une poutre en métal avant de s'immobiliser juste à côté de Stacy.

— Je suis toute seule…

Luis s'avança délicatement vers elle, la gorge nouée.

Elle doit s'éloigner de l'eau…

Les tentacules sombres du lac continuaient de gesticuler sous ses jambes, comme excitées par le contact avec ses chevilles, guettant le moment pour les saisir définitivement…

Luis s'accroupit derrière son amie.

— Stacy…

Il posa la main sur son épaule, mais d'un mouvement sec, elle se dégagea de cette prise et lui fit face. Alors son regard plongea dans le sien.

Derrière ses pupilles, la rage avait fait place à l'amertume, cette amertume qui vous ronge quand le mal reste trop longtemps enfoui. Et en Luis, elle vit que la tristesse avait chassé la frayeur. Ses yeux doux et emprunts de bienveillance l'inondèrent de chaleur et son visage sombre qui semblait précédemment se fondre dans le ciel ténébreux était à présent auréolé d'un éclat affectueux. Peu à peu, les lèvres de Stacy se décrispèrent et sa figure retrouva cette délicatesse que Luis lui avait toujours connue. Elle voulut dire quelque chose, mais seul un léger tremblement parcourut sa bouche.

Incapable de placer un mot, elle attrapa simplement la main de Luis et la serra, libérant en même temps un flot de larmes incontrôlées.

Eddy observa ses deux amis pendant plusieurs minutes, de longues minutes entrecoupées par la colère du ciel rugissant. La pluie battante frappait le frêle toit de tôles comme de petits grêlons, mais ces mains jointes devant lui étaient plus fortes que n'importe quel ouragan.

Il le savait.

— Viens, murmura Luis à Stacy en se levant doucement, entraînant son amie dans le mouvement.

Comme hypnotisée, elle sortit lentement les pieds de l'eau et s'agenouilla, le regard clair. Luis, un sourire franc et solidaire sur les lèvres, avait lâché sa main pour mieux la soutenir une fois qu'elle serait debout. Alors seulement, Luis aperçut la corde.

Mais il était trop tard.

Tout alla très vite, et ce ne fut que quelques secondes après que Luis prit conscience de l'horrible réalité. Le pied gauche de son amie s'accrocha dans le cordon reliant sa cheville au bloc de béton. Il vit Stacy prendre un air effrayé, puis son corps entier disparaître emporté dans la chute. Un grand fracas d'eau retentit, puis ce fut le vide.

Pendant quelques secondes, Luis vit passer devant lui le visage heureux de Stacy courant dans Central Park. Il revit la joie qui débordait de son regard chaque fois qu'ils se réunissaient au Jackson's. Ou ailleurs. Puis ce fut la colère qui réapparut, la colère qui les avait séparés quelques heures plus tôt, laissant Stacy s'évaporer dans la ville.

Cette dernière image, celle où elle se tenait debout, prête à sauter dans les flots impétueux, il ne pouvait la quitter. Elle s'était relevée… Elle allait revenir…

— Luis !

Eddy lui avait hurlé dessus.

Devant lui, les remous formés par le corps de Stacy avaient déjà été avalés par les langues endiablées des vagues, et la pluie meurtrissait ce lac pourtant si serein quelques heures auparavant.

Sans plus attendre, Luis reprit ses esprits. Il jeta ses affaires à terre et enleva son veston. Une seconde plus tard, l'écume froide et violente le recouvrait, l'entourant d'une obscurité quasi totale. La morne lumière qui franchissait les flots ne lui était d'aucune aide. Mais un éclair incendia le Titicaca et il aperçut Stacy juste à sa droite, au pied de l'embarcadère. L'eau n'était pas très profonde et il agrippa dès que possible son bras pour tenter de la hisser à la surface. Mais le feu envahissant ses poumons, Luis fut obligé de remonter à l'air pour reprendre son souffle.

Il vit Eddy fendre les eaux, deux mètres plus loin, mais ne l'attendit pas et replongea aussitôt. Complètement aveuglé par la nuit, Luis referma ses doigts sur ceux de Stacy, prise de panique. Une douleur lui traversa la cuisse au moment même où un nouvel éclair jaillit dans le ciel. Sous ses yeux, Stacy était toujours retenue par son bloc de béton, le regard épouvanté.

Luis réalisa à ce moment qu'il venait de se couper avec le couteau glissé dans sa poche mais, à nouveau, l'air lui manquait et il dut relâcher la main de Stacy. Il sentit alors les doigts frénétiques de son amie attraper son mollet, mais celui-ci lui échappa dans l'agitation de ses mouvements.

De retour à la surface, Luis imagina le visage de Stacy privé d'oxygène, crispé par l'horreur et l'implorant de faire cesser ce supplice, et cette vision épouvantable lui redonna l'élan pour dégager la lame de son pantalon. En redescendant sous l'eau, sa main armée heurta quelque chose mais cette fois, Luis était allé directement droit au fond. En quelques secondes, il parvint à trouver la corde et trancha le lien funeste qui unissait Stacy à ce compagnon de misère que représentait le bloc de béton.

Il serra alors la lame entre ses dents et attrapa le corps de Stacy sous les épaules, remuant les jambes de toutes ses forces pour remonter à l'air libre.

Mais c'était peine perdue.

Elle était déjà inconsciente, et les vêtements alourdis par l'eau rendaient tous ses mouvements extrêmement difficiles. À nouveau, Luis sentit la brûlure gagner le fond de sa gorge, mais une grande main ferme se posa brusquement sur la sienne.

Eddy !

Oubliant l'enfer qui rongeait ses poumons, Luis redoubla d'efforts pour ramener Stacy à la vie et, peu de temps après, un air frais glissa dans sa bouche ardente lorsqu'ils crevèrent la surface tumultueuse du lac. Luis attrapa enfin le bord du ponton en maintenant Stacy à son niveau.

— Monte sur le pont ! hurla-t-il à Eddy.

Moins d'une minute plus tard, ils hissèrent leur amie d'un mouvement commun et l'allongèrent sur les planches humides de l'embarcadère.

Bien qu'elle ne fût pas restée très longtemps sous l'eau, elle n'avait pas encore repris connaissance. Sous son épaule, le couteau que tenait Luis avait déchiré son chemisier et creusé une entaille sur le haut du bras, laissant une grande tache sanguinolente sur le tissu.

— Stacy !

Luis secoua son amie, incapable d'observer ses yeux clos sans agir. Mais les remous du lac furent très rapidement accompagnés d'une toux étouffée, et Luis cessa aussitôt de la ballotter. Il la fit immédiatement rouler sur le côté, après quoi elle cracha toute l'eau qu'elle avait avalée. Enfin, haletante et sans un mot, elle se redressa et contempla les deux hommes assis autour d'elle, muets comme des tombes. Le poids de leur inquiétude la traversa et lui comprima le cœur si fortement qu'elle plongea la tête entre ses bras et s'effondra en larmes, incapable de prononcer une seule parole.

Lorsqu'elle eut plus ou moins retrouvé son calme dix minutes plus tard, son corps était encore secoué par quelques sanglots, mais son regard était droit et elle avait posé une main sur la coupure en dessous de son épaule.

Autour d'eux, l'orage était passé. Le torrent déchaîné qui frappait le sol depuis tout à l'heure s'était changé en fins ruisselets, et sous l'embarcadère, le lac récupérait un semblant de quiétude.

— Merci, murmura-t-elle de façon presque inaudible en s'essuyant le visage.

Mais tous deux avaient entendu et continuaient de l'observer, partagés entre la joie et le désarroi.

Qu'est-ce qui se passe ? se demanda Luis alors qu'il l'aidait à se relever. *Tu nous caches quelque chose, et ça n'a pas l'air bon du tout…*

Luis était bien décidé à percer le mystère enveloppant le geste qu'elle avait tenté d'accomplir, mais il savait que ce n'était pas le moment adéquat. Tôt ou tard, elle serait prête, mais pour l'instant…

Eddy ramassa les affaires qu'ils avaient lancées à terre avant et tous trois marchèrent en silence en direction du restaurant où les deux hommes avaient mangé tout à l'heure.

CHAPITRE 7

Malgré la pluie tombant en délicats filets sur les pavés, le quartier autour de la Place d'armes était très animé. Une foule de gens s'entassaient vers les différents bars sis dans les rues adjacentes, pressés de se mettre à l'abri. La lueur blafarde des lampadaires se reflétait dans les flaques au sol, décrochant des ombres sinistres aux buissons taillés avec conviction. Haut perchée sur sa colonne, la statue du Colonel Bolognesi semblait monter la garde alors que, derrière lui, les deux clochers de la cathédrale — véritables miradors veillant sur la grande place — encadraient la façade frontale de l'édifice.

22 h 26.

Depuis tout à l'heure, ils étaient restés dans le restaurant, tentant de se réconforter au mieux avec une boisson chaude. Stacy était demeurée silencieuse pendant au moins vingt minutes en fixant sa tisane, puis elle avait redressé la tête et regardé ses deux amis à tour de rôle.

— Avez-vous trouvé un sous-marin ? leur avait-elle demandé, faisant tourner sa tasse entre ses doigts.

Luis crut qu'il allait tomber de la chaise.

Un sous-marin ?

Elle qui s'était opposée si farouchement à leur idée, qui avait tenté de mettre fin à ses jours, voilà qu'elle s'inquiétait pour la suite de leur expédition ?

— Stacy... commença Luis. Je croyais que tu ne voulais pas le faire illégalement.

— C'est toujours le cas, mais je suis curieuse de savoir si vous y parvenez.

Un sourire sembla s'esquisser sur son visage, mais Luis resta perplexe. Une heure plus tôt, elle avait simplement entrepris de se suicider ! Luis n'était pas décidé à lui en parler maintenant, les émotions étant encore trop vives autant pour elle que pour lui.

— Écoute, reprit-il en baissant le regard sur sa propre tasse. Je ne sais pas ce qu'il s'est réellement passé, tout à l'heure, mais j'ai l'impression que tu as déjà bien assez de problèmes comme ça. Je ne veux pas que tu...

— Tu ne veux pas que je vienne avec vous, c'est ça ?

Il releva les yeux vers elle. Lisait-elle dans son esprit ? Compte-tenu de sa tentative de suicide, Luis préférait en effet la garder à l'écart de l'étrange rendez-vous que lui et Eddy avaient conclu avec l'inconnu à la cicatrice.

Mais elle doit être au courant, se dit Luis. *Je ne veux pas répéter la même erreur.*

Les yeux de son amie ne témoignaient cependant d'aucune colère, simplement de la douceur.

— Mes problèmes m'auraient emporté si Eddy et toi n'aviez pas été là, poursuivit-elle d'un ton empli de gratitude.

Il comprit à son regard qu'elle avait deviné le fond de ses pensées.

— Que vous le vouliez ou pas, et même si j'ai pas envie de ce sous-marin, je préfère être à vos côtés.

Luis jeta un coup d'œil à Eddy.

On ne peut pas la laisser seule à nouveau.

Les deux Américains avaient finalement expliqué à Stacy leur rencontre avec l'inconnu en soulignant bien les risques encourus, puis ils lui avaient demandé quelle était son intention.

— Je viens avec vous, fit-elle sans hésitation.

Le regard de Luis s'était fait lourd et inquiet. Un étrange mystère planait sur l'homme en costume.

Qui était-il ? Pourquoi leur avait-il proposé cette offre ? Et surtout, comment allait-il leur fournir un sous-marin alors même que l'accès du lac était restreint ? La soirée s'annonçait plutôt douteuse et Luis ne voulait pas laisser courir d'autres risques à Stacy.

Pas après ce qu'il s'est passé...

Mais elle semblait plus que confiante. Son visage réjoui le troubla, c'était comme si rien de spécial ne s'était produit en cette fin d'après-midi. Seuls leurs habits encore détrempés témoignaient du drame tout juste évité...

Ils se postèrent donc devant le formidable portail turquoise de la cathédrale pour attendre l'inconnu, mi-impatients, mi-angoissés sur ce qui pourrait arriver. D'ici quelques minutes, le mystérieux individu leur apporterait peut-être la clé de la fortune !

Ou la porte de l'au-delà...

Luis chassa cette pensée de son esprit, tâchant de se persuader que l'homme à la voix sombre partait d'une intention bienveillante. Mais comment le pouvait-il ? Pas après une telle intrusion dans leur conversation...

— Je vous ai dit de venir seuls, tonna soudain quelqu'un devant eux.

Il n'avait pas vu approcher l'individu, silencieux sous les battements de la pluie contre le sol. Ses yeux obscurs les fixaient, à demi masqués par l'ombre de son chapeau.

— Qui est-ce ? demanda-t-il d'un air dédaigneux en faisant un geste de la tête vers Stacy.

La gorge de Luis se serra.

« Venez seuls. »

L'instruction de l'homme au costume avait été claire, mais ils avaient failli à cet impératif. Stacy n'était pas avec eux au moment de la discussion.

— Cela est-il si problématique ? demanda Luis d'un ton calme.

La façon dont l'inconnu inspecta leur amie ne plut pas du tout à Luis. Que pouvait bien redouter ce type de la présence d'une personne supplémentaire ? À mesure que les secondes passaient, l'impression d'avoir affaire à un individu louche grandit davantage en lui.

— J'aime qu'on respecte les accords convenus, expliqua simplement mais froidement l'homme au costume.

Son regard sauta de Luis à Eddy, puis se posa à nouveau sur Stacy, semblant particulièrement insistant sur la cicatrice sanguinolente de son bras. La présence de Stacy à ce rendez-vous paraissait vraiment lui poser problème, mais Luis ne se laissera pas démonter. S'ils devaient marchander avec ce mystérieux bonhomme, ce serait à leurs conditions.

— Elle est avec nous, déclara Luis fermement. Notre amie était…

Il hésita en voyant le visage atterré de Stacy.

— Elle était indisponible tout à l'heure.

L'homme le considéra d'un air vexé et méprisant, puis leur fit signe de le suivre.

Il a compris, se dit Luis, satisfait. *Il a compris que nous n'étions pas n'importe qui et qu'il devra faire des concessions.*

Marchant sur les pas trois mètres en arrière de leur guide, les trois amis tournèrent à l'angle de la cathédrale et longèrent la rue qui passait sur sa gauche sur une centaine de mètres. Là, l'homme vira brusquement dans une petite allée beaucoup moins bien éclairée, et la pluie sembla reprendre de plus belle à ce moment. Il accéléra la cadence, augmentant l'espace qui les séparait déjà.

— Il va trop vite ! se plaignit Stacy. On ne va pas réussir à le suivre !

Devant eux, la ruelle se poursuivait au loin, disparaissant dans le brouillard humide dressé par l'averse. Quelques voitures stationnées le long des murs décrépis guettaient le passage du groupe de leurs grands phares blafards. Ils atteignirent un petit carrefour parfaitement désert et tournèrent à droite comme l'avait fait l'inconnu quelque temps avant eux. Ils amorçaient à présent une montée.

Nous sommes au pied des collines, se dit Luis. *Les quartiers pauvres se trouvent vers le haut...*

Autour d'eux, des immeubles de briques s'entassaient de manière désordonnée, reliés par un inquiétant filet de câbles électriques qui se balançait au-dessus de leur tête. Des rires bruyants résonnèrent entre les murs caverneux que la pluie battante arrosait.

— Tu parles d'un guide ! s'énerva Stacy en le voyant tourner à nouveau au sommet de la rue, cinquante mètres plus loin.

Luis passa la main dans son sac et la referma sur son couteau, rassuré de le savoir toujours là.

Notre seul moyen de persuasion...

— Je ne sais pas où il nous emmène, dit-il. Restons sur nos gardes, ces ruelles n'ont pas l'air très accueillantes...

Il avait voulu donner du courage avec ce conseil, mais ce fut le contraire qui se produisit.

— Allons-nous-en ! s'exclama Stacy, la voix tremblante.

Verbaliser le danger qui les entourait avait enlevé le peu de calme que Stacy possédait encore. Elle en avait déjà perdu la plus grande partie devant la cathédrale, en voyant la méfiance de l'homme au costume.

Ils arrivèrent à leur tour en haut de la rue. Luis sentait son cœur cogner contre sa poitrine. Derrière lui, la respiration haletante de Stacy lui nouait la gorge. Il aperçut tout juste le pied de leur guide disparaître un peu plus loin sur la droite et ils s'engagèrent de suite dans cette direction. Cette fois, les immeubles semblaient véritablement se jeter sur eux telle une mâchoire refermant les crocs sur sa proie.

— Allons-nous-en ! implora Stacy dont la voix faisait des bonds. Je n'aime pas du tout cet endroit !

Il était du même avis qu'elle, mais c'était leur unique chance d'espérer commencer leurs recherches un jour.

Ou ne pas les commencer du tout.

— Moi non plus, répondit-il. Mais tout ira bien, je t'assure.

Stacy maugréa quelque chose. De toute évidence, elle dut percevoir son manque de conviction car elle ralentit le pas en arrivant dans une nouvelle ruelle qui continuait de monter, éclairée seulement par un maigre lampadaire à son extrémité. Toutes les autres étaient cassées…

— Luis ! S'il te plaît !

À leurs cotés, des gueules béantes, sombres et menaçantes se tenaient à la place des fenêtres, alignées à chaque étage des immeubles abandonnés environnants. Leur guide avait définitivement disparu.

— Y a personne ici ! C'est un guet-apens !

Elle semblait au bord des larmes.

— Ça ira Stacy, insista Luis.

Elle se figea sur place, deux mètres derrière lui.

— Tu ne crois même pas ce que tu dis !

Luis s'arrêta à son tour. Son amie avait le teint blême et sa voix était rompue par sa respiration saccadée.

— Regarde autour de nous ! Y a rien ! Tout est abandonné !

Luis balaya les environs des yeux. Une vieille palissade de tôles rouillées cachait un champ de débris, dominé par un antique bâtiment de briques décharné. Les lampadaires suintaient d'une lueur livide, allumant de maigres reflets dans l'eau qui s'écoulait au bord de l'étroite chaussée.

— C'est un quartier mort, ici !

Eddy allait lui répondre, mais l'inconnu surgit d'un passage sur la gauche et les incita à le suivre plus rapidement. Une voiture gisait le long du trottoir, pare-brise éventré, un grand tas de déchets à son arrière. Plus loin, une boutique laissait voir ses entrailles, la vitrine sectionnée en mille morceaux au sol. Deux mètres en avant, la silhouette obscure de l'homme au costume les attendait près d'une porte, devant un vieil immeuble en brique.

— Attendez-moi ici, leur dit-il avant de disparaître à l'intérieur, les abandonnant sous la pluie battante.

La ruelle était déserte. Sous leurs pieds, un torrent d'eau s'écoulait incessamment, entraînant dans son courant déchets et gravier. Un peu plus haut, un misérable lampadaire marquait leur visage embrumé d'une couleur pâle.

Stacy se tourna vers Eddy et Luis.

— Allons-nous-en ! Ça pue la mort, ce quartier !

— Stacy, calme-toi, tempéra Eddy. Nous sommes trois et Luis a…

— Vous êtes deux ! Moi, c'est tout juste si je tiens debout !

Elle observa Luis.

— S'il te plaît, dis quelque chose !

Mais il était occupé à autre chose.

La porte refermée sur eux comportait un petit carreau à hauteur de visage et Luis s'en était approché pour regarder au travers.

— Que fais-tu ? lança Stacy sèchement.

— J'essaie de voir ce que fait notre bonhomme.

— Et ? demanda Eddy qui s'était déjà glissé derrière lui pour en faire de même.

— Cette saleté de verre sablé gâche tout, mais on dirait bien qu'il y a un mur ou je ne sais quoi là derrière.

— Mais on s'en fiche ! s'exclama Stacy, affligée. On veut partir d'ici, c'est tout !

Luis se tourna vers elle.

— Stacy, il s'agit de quelques minutes d'attente.

— Ça suffit pour se faire trucider !

À ce moment, des cris joyeux éclatèrent un peu plus loin, et les trois amis s'orientèrent dans leur direction. En haut de la ruelle, à une vingtaine de mètres environ, quatre silhouettes venaient de faire irruption en discutant bruyamment, prises d'assaut par des rires braillards et excentriques.

— Et voilà, qu'est-ce que je vous disais ? fit alors Stacy, la peur dans les yeux.

Les quatre individus s'approchaient d'eux, mais ils ne semblèrent pas les avoir aperçus.

Ils ne font que passer, pensa Luis en les surveillant du coin de l'œil.

Le plus petit des quatre acheva le contenu d'une bouteille qu'il projeta ensuite contre le pare-brise d'une voiture garée juste devant les trois Américains. Stacy se crispa un peu plus encore en entendant le bruit du verre brisé alors que le groupe de débraillés éclatait de rire.

— Allez, les gars ! Allons-nous-en ! murmura Stacy dans un souffle en attrapant le bras de Luis.

Mais ils ne pouvaient pas partir. Pas maintenant. L'homme en costume allait revenir et ces quatre jeunes n'y prêteraient pas la moindre attention.

Les quatre Péruviens s'étaient arrêtés à la hauteur du lampadaire et Luis vit l'un d'eux ramasser quelque chose à terre avant de le lancer contre un bâtiment. Un bris de glace retentit, plongeant le groupe dans un nouvel élan de rire absurde. Peu après, un second éclat de verre se fit entendre et la ruelle se retrouva aussitôt dans une obscurité encore plus malsaine.

— Partons avant qu'il ne soit trop tard ! s'exclama Stacy à haute voix.

Mais il était déjà trop tard.

Le plus jeune pointait maintenant le doigt dans leur direction, lançant quelques propos incompréhensibles et, l'instant d'après ils marchaient tous les quatre vers eux. Cette fois-ci, Luis sut que c'était pour eux.

Rapidement, il évalua quelles étaient leurs possibilités d'action. Devant eux, le groupe s'était réparti en éventail, bloquant toutes les issues potentielles. Avec leur cerveau imbibé d'alcool, les quatre affichaient un air déterminé, presque agressif. Seule la porte sombre à travers laquelle une lumière très diffuse sortait dans la rue leur offrait un secours envisageable, mais l'homme en costume ne leur pardonnerait pas une deuxième infraction à ses règles.

« Attendez-moi ici. »

Ils devaient gagner du temps.

— ¿ *Turista* ? demanda alors l'un des jeunes d'une voix sèche.

Les trois amis firent mine de ne pas avoir compris, bien que tous eurent deviné leur intention. Face à leur air ahuri, les quatre Péruviens dégagèrent de leur poche de larges couteaux à cran d'arrêt et les tendirent devant eux. Stacy porta les mains à sa bouche, étouffant un cri d'effroi.

— Argent ! exigea soudainement celui qui se tenait sur leur droite, faisant un pas en avant.

Luis ne broncha pas. L'assurance qu'il avait conservée jusqu'à maintenant s'estompa et son cœur se mit à battre durement contre ses côtes. Il avait l'habitude des situations tendues, mais aujourd'hui, c'était différent. Il ne portait pas l'uniforme complet du NYPD, et surtout, il n'avait pas son arme de fonction. Son esprit s'accrocha au couteau qu'il transportait dans son sac, mais celui-ci ne leur serait d'aucune aide face à ce groupe…

Dépêche-toi, pensa Luis en implorant mentalement l'inconnu qui les avait amenés ici.

Mais la porte restait fermée.

— Argent ! répéta le teigneux de droite en pointant la lame vers lui. Tout de suite !

La gorge de Luis se serra. Tout d'un coup, il se sentait idiot. Idiot de s'être confié lui et ses amis aux mains de cet étranger. Ses yeux sautèrent d'un jeune à l'autre, puis glissèrent sur Eddy et Stacy. Alors, il réalisa leur erreur.

Cet inconnu les avait entraînés là, loin du centre-ville et de la foule, dans l'unique but de les dépouiller. Luis le savait à présent : l'homme au costume n'avait jamais eu de sous-marin à offrir. Il faisait partie de cette bande lui aussi.

Son regard se fit soudain noir.

— Vous n'aurez rien ! s'exclama-t-il finalement en serrant le poing.

Rien du tout !

Une bouffée de chaleur inonda son visage. Comment avait-il pu conduire ses amis dans ce coupe-gorge ?

Un bruit sec résonna derrière eux et un rayon de lumière étira leur ombre au travers de la ruelle. Les jeunes péruviens en furent perturbés et les trois Américains firent volte-face.

Stoppé net dans l'encadrement de la porte, l'homme au costume les observait à tour de rôle en s'arrêtant sur les couteaux tranchants. Profitant de la surprise, Stacy glissa d'une petite voix :

— On... On peut entrer ?

L'expression de l'inconnu du port vira en quelques secondes de l'étonnement à la colère.

— Je vous ai dit de venir seul ! hurla-t-il, hors de lui. Que la fille vienne avec vous passe encore, mais toute cette bande... Dégagez d'ici !

Luis se retourna vers leurs agresseurs, lesquels n'avaient plus fait un geste depuis l'arrivée de l'individu. Bien au contraire, ceux-ci semblaient s'être changés en statues menaçantes, les couteaux toujours orientés vers le trio américain, avec un peu moins d'assurance toutefois.

Ces jeunes ne sont pas avec lui...

Cette pensée réjouit Luis qui répondit donc calmement :

— Ils ne sont pas avec nous. Nous espérions justement votre retour.

L'homme au costume les inspecta à nouveau d'un œil louche pendant un moment. Les quatre Péruviens ayant bien senti leur coup manqué replièrent leur arme et les rangèrent avant de repartir d'où ils venaient, surveillés par l'inconnu au chapeau. Quand ils eurent disparu au coin de la rue, l'homme fit face à Luis, Eddy et Stacy et leur demanda d'entrer dans le bâtiment. Stacy s'y précipita, impatiente de trouver un refuge contre la pluie et les agresseurs.

Derrière la porte, un petit vestibule les attendait, agrémenté simplement d'un maigre porte-manteau en chêne. Comme Luis l'avait suggéré auparavant, un épais rideau gris-anthracite séparait cette antichambre du reste de l'intérieur.

La première chose qui frappa Luis fut une odeur de vieil alcool qui flottait dans l'air, mais en poussant le voile, il découvrit une salle remplie de tables et de chaises.

Un vieux bistrot, se dit-il, rassuré d'atterrir dans un lieu public.

Malgré tout, une étrange impression s'empara de lui alors qu'il s'avançait vers le bar-comptoir, sur leur gauche. L'établissement était quasi vide. Seule une serveuse au teint morose essuyait péniblement sa vaisselle avec un torchon délavé avant de la ranger méthodiquement sur des étagères, au-dessus du bar. Assis en face d'elle, un cinquantenaire grisonnant achevait son verre au compte-goutte.

— Avancez ! ordonna alors la voix grave derrière eux.

Luis n'apprécia pas le ton adopté par leur guide, mais s'exécuta sans mot dire.

Ce n'est pas le moment de tout faire rater.

La serveuse leur jeta un regard méprisant puis fit un signe de la tête vers le fond de la salle. Ils la traversèrent en silence tout en l'examinant, plongés dans cette lueur orange qui émanait des vieux plafonniers en fer forgé.

Crochés aux murs sales et fades, d'anciennes photos en noir et blanc reflétant la maigre lumière haletante de la pièce. Des panneaux de merisier couvraient le bas des parois, offrant un peu de chaleur à l'atmosphère oppressante du bistrot. Dans l'angle du fond, à leur droite, un banc mural entourait une grande table ronde où quelques verres attendaient encore d'être débarrassés. Çà et là, des journaux traînaient sur les plateaux griffés par le temps.

— Au fond à gauche ! ordonna à nouveau l'homme au costume.

Luis lui lança cette fois un regard critique avant de dépasser Stacy qui se hâtait déjà dans le coin indiqué. Un rideau similaire à celui de l'entrée fermait le passage, et Luis ne voulait pas qu'elle s'élance la première encore une fois.

En soulevant le voile, une vague de fumée de cigarette et de moisi lui envahit les poumons, le faisant tousser comme un moteur usé. La peinture défraîchie fit place à un béton gris et froid que venait éclairer tant bien que mal une ampoule nue sortant du plafond. Devant lui, le mur l'obligeait à emprunter un escalier lugubre qui plongeait sous le bistrot.

Il s'immobilisa un instant, retenu par l'inhospitalité des lieux.

Où nous emmène-t-il ? se demanda-t-il en tentant de distinguer des formes dans l'obscurité de la descente.

Quelques bribes de conversations lui parvinrent alors depuis la cave, mais Stacy le poussa doucement pour qu'il avance. Il emprunta les premières marches avant de regarder derrière lui.

— Où sommes-nous ? s'exclama Luis d'un ton ferme à l'adresse de leur guide.

L'homme au costume se trouvait tout à l'arrière, encore derrière le rideau.

— On veut juste un sous-marin ! C'est quoi cet endroit ?

— Pas de problème. Vous êtes arrivés.

Luis avait la désagréable impression qu'un piège étrange se refermait sur eux, mais il poussa tout de même la porte qui fermait le bas de l'escalier, entrant ainsi dans une petite cave.

Sur la gauche, masquant un mur de brique humide, de gros cartons s'empilaient sur une rangée jusqu'au fond de la pièce. Là, une grande étagère hébergeait une montagne de classeurs à côté d'un épais coffre-fort à verrou circulaire. Luis fut surpris de trouver un tel objet ici, mais à ce moment-là, il nota la présence de quatre individus sur la droite.

Confortablement installés dans leur fauteuil de cuir noir, les quatre hommes — tous vêtus d'un costume gris sombre — ne levèrent même pas la tête en les voyant entrer. Ils étaient tous profondément plongés dans une partie de cartes, et seul le gros bonhomme assis contre le mur de droite semblait avoir remarqué leur arrivée.

— Messieurs, nous avons de la visite ! dit-il en haussant de petits yeux vers eux.

Au grand étonnement de Luis, il s'exprimait dans un anglais plus que respectable. Au contraire de ses trois acolytes tous maigres mais robustes, celui qui avait parlé était énorme. Son ventre tendu tirait sur les boutons de sa chemise juste assez pour ne pas les faire sauter. Il avait des bras massifs, comme deux gros sacs pendant de part et d'autre de ses épaules démesurées sur lesquelles venait se poser une tête boursoufflée. Ses joues gonflées de graisse semblaient à la fois fondre vers le bas et enfler au-devant de ses yeux porcins. Le fauteuil même paraissait souffrir sous le poids de la bête, prêt à rendre le souffle au moindre instant.

Ils achevèrent leur partie de jeu, puis le gros tendit les bras vers l'épais tas de billets de banque planté au centre de la table. Avec un grand sourire, il les tira vers lui, ne laissant sur le plateau que les cartes éparpillées et quatre verres de cocktails largement entamés. Alors les trois maigres se levèrent d'un mouvement commun et se tournèrent vers Luis, Eddy et Stacy.

Dans leurs mains, un reflet révéla le canon de pistolets…

CHAPITRE 8

Le gigantesque personnage resté assis glissa les billets dans sa poche puis tira vers lui un écrin de bois pour y extraire un épais cigare.

— Et bien, avancez-vous, je vous prie, fit-il en en allumant l'extrémité. Ces messieurs vous cèdent leur place.

Il fit un discret signe de tête de côté et les trois personnes qui s'étaient levées s'approchèrent d'eux, l'arme au poing. Alors qu'ils passaient devant elle pour sortir de la cave, Stacy recula d'un pas, une expression de terreur sur le visage.

Luis suivit sombrement des yeux le mouvement des hommes. Il était maintenant presque certain que tout cela n'était qu'une mise en scène pour les impressionner.

Nous devons absolument avoir l'air à l'aise, se dit-il. *Ces types ne doivent pas penser que leur manigance est efficace.*

Il échangea un regard posé avec Eddy qui partageait visiblement cet avis. Malheureusement, il était déjà trop tard pour Stacy ; son mouvement de recul n'était pas passé inaperçu aux yeux de l'imposante silhouette enfoncée dans son fauteuil. Fort de cette réflexion, Luis prit les devants et se montra énergique.

— Bien volontiers, dit-il en s'avançant vers celui qui semblait régner sur la cave. C'est avec plaisir que nous discuterons avec vous autour de cette table.

Luis tendit sa large main noire vers l'encombrant personnage.

— Je me présente. Luis Kamau, de New York. À qui avons-nous l'honneur ?

Il jugeait le fait de se présenter en premier propice à l'effet qu'il recherchait, mais la question posée ne parut pas plaire à leur interlocuteur qui plissa ses petits yeux et s'appuya sur l'accoudoir du fauteuil.

— Je vois que vous êtes en charmante compagnie, dit-il après un moment en observant Stacy.

Elle lui lança un regard noir.

— Mon… collègue m'avait annoncé que vous seriez deux. Pourquoi être venu avec elle ?

Luis, surpris qu'ils attachent tant d'importance à cet élément, ne sut que répondre.

— Si vous ne voulez pas de moi, il suffit de le dire ! s'exclama brusquement Stacy.

L'homme fronça les sourcils.

— Pourquoi nous priver de votre présence ? répondit-il. Je suis sûr que vous êtes fort enchantée d'être en ce lieu.

Elle resta sans mots et se contenta de baisser les yeux.

Tous les doutes s'étaient désormais envolés chez Luis ; l'homme tentait bel et bien de les intimider.

Et il a très bien cerné notre point faible, conclut Luis.

— Vous n'avez toujours pas répondu à ma question, M. Inconnu, répliqua-t-il d'un ton ferme, bien décidé à ne pas se laisser marcher dessus. Qui êtes-vous ?

L'imposant personnage se poussa encore plus dans son fauteuil et croisa les mains sur son ventre. Sous sa bedaine gonflée par le changement de position, les boutons de sa chemise semblaient plus que jamais prêts à lâcher à la moindre inspiration.

— Mon cher M. Kamau, je ne crois pas que mon identité soit indispensable à cette discussion. Si vous le voulez bien, nous poursuivrons ainsi. Dans le cas contraire, vous connaissez le chemin.

Il tendit alors une main en direction de l'entrée de la cave.

Luis regarda Eddy qui était tout aussi perplexe que lui. Tous deux n'appréciaient pas qu'on leur impose des conditions de la sorte, mais ils n'avaient pas d'autre choix. C'était ça ou exclure cette occasion de trouver un sous-marin.

Et peut-être toute chance de découvrir le trésor…

— C'est pas grave, répondit Luis. J'aime bien connaître les gens avec qui je discute, mais je ferai une exception cette fois-ci.

Satisfait de cette réaction, l'homme se pencha en avant.

— Très bien. Nous allons pouvoir commencer, mais avant cela, je tiens à vous offrir un rafraîchissement.

Stacy déclina sèchement la proposition.

— Je crois que nous l'avons déjà suffisamment été par la pluie !

— Je l'avais bien remarqué, répondit-il. Seulement, je ne parle affaires qu'autour d'une table et… d'un bon verre. Rodrigo, va nous chercher quelque chose.

Le dénommé Rodrigo s'exécuta et disparut dans les escaliers.

— Très bien, reprit calmement le patron des lieux. Je vous écoute. De quoi avez-vous besoin ?

— D'un sous-marin, pauvre crétin ! glissa Stacy, irritée par son attitude nonchalante.

Le pauvre crétin prit une profonde inspiration avant de répondre.

— Mais c'est qu'elle a du tempérament, la petite ! C'est intéressant…

Luis adressa un regard sévère à son amie. Il comprenait parfaitement qu'elle se sentît mal à l'aise en cet endroit, mais elle devait tenir le coup.

C'est pas le moment de tout faire rater…

— Je peux néanmoins vous assurer que pauvre, je ne le suis pas.

Quand à crétin... J'ose espérer que non ! Mais assez plaisanté, je...

— Si vous êtes riche, pourquoi vous vous terrez dans un trou pareil ?

Luis sentit son estomac se retourner.

Pourquoi ne pouvait-elle pas rester simplement silencieuse ?

— Ça suffit ! hurla le gros homme dans son canapé, décollant ses épaules monstrueuses du dossier. Vous êtes venu chercher un sous-marin ou des problèmes ? Dans les deux cas, je peux vous aider, alors à vous de choisir !

Eddy lança un regard réprobateur à Stacy, et Luis répondit.

— Nous préférons la première issue.

Il observa Stacy d'un air implorant.

— Mais je vous demande de laisser notre amie tranquille.

La masse de chair dirigea ses petits yeux vers Stacy et afficha un sourire narquois.

— Il n'appartient qu'à elle de le décider...

Il va la pousser à bout, se dit Luis. *Il va lui tourner autour jusqu'à ce qu'elle explose...*

À cet instant, Rodrigo surgit par l'encadrement sombre des escaliers, la main chargée d'un plateau plein de verres. Il s'approcha de chacun des trois convives pour leur distribuer un généreux cocktail et, aussitôt, une forte émanation d'alcool se glissa dans la tête de Luis. Hésitant à le reposer de suite sur la table basse, il observa le patron attraper la dernière coupelle que lui tendait son associé et se ravisa.

— Messieurs, fit le gros homme en levant le verre, — Madame, ajouta-t-il en accentuant son regard sur Stacy — Portons un toast à cette affaire !

Luis approcha la boisson de sa bouche, mais attendit que leur interlocuteur en prenne au moins une gorgée avant de goûter lui-même au breuvage.

Mieux vaut rester prudent...

Comme l'homme s'y risqua sans hésitation, Luis en avala une

portion infime et crut alors que son œsophage s'enflammait. Peu habitué à l'alcool, la puissance de celui-ci lui arracha la gorge et il dut se retenir pour étouffer la toux qui lui démangeait au creux du cou. Luis posa finalement le verre sur la table, estimant qu'il avait accompli son devoir de politesse.

— Je ne veux pas vous décevoir, enchaîna-t-il, mais nous ne souhaitons pas acheter de sous-marin. Notre intention est plutôt d'en louer un.

Le gros homme avala une gorgée de cocktail et observa Luis.

— Je ne loue pas de sous-marins, dit-il après quelques secondes. Je peux vous procurer de magnifiques modèles à la vente, mais le délai de livraison est d'un mois au minimum, plus selon les besoins.

— Un mois d'attente ? s'exclama Eddy. Mais il nous le faut dès demain ! Nous ne pouvons pas poireauter tout ce temps !

— C'est tout ce que je peux vous proposer...

Sur cette conclusion, il porta le cigare à sa bouche et tira dessus.

Luis et Eddy échangèrent un regard. Chacun savait ce que pensaient les autres. Ils n'avaient pas les moyens pour rester ici si longtemps, et encore moins ceux pour acheter un sous-marin.

— Vous qui êtes dans le milieu, s'interposa Stacy, ne connaissez-vous pas quelqu'un qui puisse nous en louer un ? Même dans une autre ville ?

L'homme se réajusta au fond du fauteuil et appuya son bras qui tenait le verre sur l'épais accoudoir. Puis il remit son cigare à la bouche.

— Ma chère, contrairement à ce que vous croyez, je ne suis pas spécialiste en ce domaine. Mes relations avec les professionnels de ce métier ne sont donc que... limitées. Toutefois, je peux vous certifier qu'il n'existe pas de location de tels engins autour de ce lac.

À ces mots, les derniers espoirs que Luis conservait après la réponse de l'employé du port s'envolèrent.

Il n'y avait pas de sous-marin au Titicaca.

— Mais alors, où trouvez-vous les vôtres ? demanda Eddy, qui n'avait pas perdu sa rationalité.

— Importation. En général, la destination de mes clients n'est pas le Titicaca. D'ailleurs, je ne suis à Puno que très occasionnellement — pour répondre à votre question de tout à l'heure, glissa-t-il à l'adresse de Stacy — les affaires sont plus propices ailleurs.

Il tira à nouveau sur son cigare, laissant planer un lourd silence dans la cave humide.

Les trois amis s'échangèrent des regards univoques, tous affligés à l'idée que leur aventure s'arrêtât de la sorte. Ils avaient déjà évoqué toutes les possibilités, et maintenant ils devaient bien se résoudre à accepter la triste réalité…

L'étrange inconnu se délecta plusieurs minutes en observant les Américains rongés par la déception, un sourire mesquin sur les lèvres, puis il relâcha une épaisse bouffée de fumée.

— Cependant, j'ai peut-être de quoi vous dépanner, avoua-t-il finalement.

Les trois amis se tournèrent vers lui. Devant leur air abasourdi, l'homme au cigare précisa :

— Ici même, à Puno.

Un nouveau silence s'installa entre les quatre fauteuils. La surprise de ces derniers mots était aussi grande que leur interrogation à ce sujet. Que devaient-ils penser de ce brusque revers de perspective ? Tous trois se lancèrent des regards interloqués, mais ce fut Luis qui réalisa en premier le stratagème.

— C'est impossible ! Nous avons parcouru tout le port sans apercevoir le moindre submersible !

— Lorsque le trésor convoité n'est pas celui qu'on croit, il est difficile de tomber dessus… répondit le mastodonte du fond de son fauteuil d'un air mystérieux.

Cette phrase résonna comme un avertissement dans l'esprit de Luis. Que ce voyou use du mot « trésor » pour désigner le sous-marin lui paraissait bien trop étrange et, à n'en pas douter, il avait cerné le but de leur entreprise.

La gorge de Luis se noua.

— J'ai ici un sous-marin prêt à appareiller, déclara l'homme au costume bedonnant, savourant l'emprise qu'il exerçait sur les Américains. Mais avant toute chose, il me faudrait un renseignement supplémentaire…

Il les regarda avec de petits yeux méfiants.

— Pourquoi avez-vous besoin de cet engin ?

Luis sentit un poids énorme s'abattre sur lui. Il n'avait pas imaginé un seul instant que ce type leur poserait la question.

Décidément, il a vraiment bien réussi à nous écraser, pensa Luis en maudissant l'homme au cigare.

Mais ils ne pouvaient se permettre de divulguer la véritable raison les poussant à plonger dans le Titicaca.

— Nous aimerions découvrir les fonds du plus haut lac navigable du monde, répondit Luis d'une voix cassée. Par curiosité.

Stacy tourna vivement la tête dans sa direction, et ce mouvement de surprise ne passa pas inaperçu aux yeux du gros bonhomme assis devant eux. Celui-ci ricana doucement.

— Je ne pense pas qu'une simple visite aux poissons soit un motif assez audacieux pour vous adresser à moi.

Son regard alla de Luis à Stacy, puis enfin à Eddy.

— Je crois surtout que vous ne voulez pas révéler la vraie nature de votre séjour.

Luis sentit son malaise grandir encore, le nœud qui lui bloquait la gorge s'était étendu à l'ensemble de son corps. Ces types lui semblaient de moins en moins nets, et il serait volontiers sorti s'il n'avait pas remarqué la présence des hommes armés derrière eux.

— Peut-être ignorez-vous que toute descente dans ce lac doit être approuvée par l'État et que vous devez détenir une autorisation ?

Luis avala sa salive. La seule chose qu'ils avaient jugé préférable d'outrepasser leur coûtait aujourd'hui la victoire…

— Nous savons tout cela, répondit fièrement Eddy. Nous nous sommes bien renseignés sur la question.

— Vraiment ?

Le pesant individu se redressa en avant et jaugea Eddy de ses petits yeux porcins.

— Et pourrais-je voir le papier officiel ?

Tous trois se concertèrent.

Et maintenant ?

Si leur interlocuteur insistait sur ce point, ils pouvaient définitivement abandonner leur rêve de plongée. Luis ravala son nœud et, piégé pour piégé, lâcha la vérité.

— Nous ne l'avons pas.

Le mastodonte le fixa sans broncher, et Luis ne soutint qu'avec difficulté la lourdeur de son regard outragé.

— Vous n'en avez pas ? répéta-t-il en haussant la voix.

— Pour être tout à fait honnête, nous n'en avons jamais demandé.

— Vous n'en avez jamais demandé ? reprit-il encore plus fort en abattant un poing sur l'accoudoir.

Il dévisagea sévèrement les trois Américains, retenant son souffle devant un tel affront. Puis, tout d'un coup, il se leva de toute sa hauteur et, exhibant toute la proportion de sa bedaine, se mit à hurler en agitant les bras au-dessus de sa tête.

— Pour qui vous prenez-vous ?!

Sa figure était devenue rouge.

— Vous ne possédez pas d'autorisation ! Et vous osez me demander un sous-marin ?!

Eddy et Stacy se firent tout petits. Quelques gouttes de cocktails s'écrasèrent au sol, échappées du verre que l'énorme furibond secouait. Luis sentit ses muscles se crisper, tendu devant la colère en personne.

C'en était fini de ce trésor. Ils n'avaient plus qu'à rentrer.

Mais l'homme avait soudain repris son calme tout en continuant à les observer furieusement, les poings serrés. Aucun des trois Américains n'osait bouger, retenant presque leur respiration.

— Et vous avez bien fait, acheva le bedonnant costumé d'un ton posé, relâchant l'ensemble de son corps en se rasseyant dans le fauteuil.

Luis, Eddy et Stacy furent déconcertés devant ce changement d'attitude. Alors l'énorme bonhomme éclata de rire. Un rire sadique, tyrannique. Pendant une trentaine de secondes, il continua à se tordre, la bouche grande ouverte, son cocktail remuant dangereusement à l'intérieur du verre. Des larmes apparurent aux coins de ses yeux.

— Je vous ai fait peur, n'est-ce pas ? gloussa-t-il en s'essuyant les paupières, l'air satisfait.

Il saisit un nouveau cigare dans l'écrin de bois, l'alluma et tira dessus avant de se ressaisir.

— Trêve de plaisanteries. Nous sommes là pour parler affaires !

Il se réinstalla confortablement au fond de son fauteuil.

— Buvez seulement ! dit-il en désignant le cocktail de Luis à peine entamé. Vous devez avoir soif après tant d'émotions.

Luis le dévisagea d'un air indigné. Il n'appréciait pas du tout l'humour de leur interlocuteur, et encore moins la façon qu'il avait de tourner autour du pot.

Peut-être veut-il nous faire boire de cet alcool pour nous troubler, lui souffla son intuition.

Fort de cette déduction, il se résolut à n'en ingurgiter qu'une maigre gorgée dans l'unique but de s'attirer les faveurs de cet individu imposant. De toute façon, sa mainmise était désormais incontestable, ils n'avaient pas réussi à y échapper…

Luis reposa le verre sur la table. Derrière eux, il devinait les quatre acolytes barrant le chemin de la sortie. Sans doute l'arme à la main. Que se passerait-il s'ils ne tombaient pas sur un accord ?

Mieux vaut en finir le plus vite possible, conclut Luis.

— Donc, reprit le monstre fumant, vous avez besoin de mon aide. Combien de temps comptez-vous plonger ?

Informé plus en détail que les autres, Eddy répondit sans attendre.

— Nous avons estimé nos recherches à quelques jours, nous ne pouvons pas rester plus longtemps.

L'homme plissa des yeux.

— Vos… recherches ?

Soudain, Eddy réalisa son erreur. Il faillit se tourner vers Luis pour obtenir du secours, mais Stacy s'empressa d'expliquer :

— Oui, nos recherches. Nous étudions les poissons et… la faune sous-marine en général. C'est un loisir passionnant. Malheureusement, à New York, c'est un peu compliqué, il n'y a que des canettes vides qui nagent dans la baie de l'Hudson.

Luis fut impressionné par la rapidité dont elle avait fait preuve pour inventer cette réponse, mais leur interlocuteur n'était pas dupe.

— Ma petite… Nul n'ignore la légende qui plane autour de ce lac, mais soyez certain qu'aucun trésor ne s'y trouve. Je l'aurais déjà récupéré sinon.

— Nous n'avons pas parlé de trésor, mais de poissons.

— Je sais très bien reconnaître les menteurs, jeune dame ! Et vous n'êtes ni les premiers, ni les derniers à me demander un submersible !

Stacy fut irritée par cette nouvelle provocation mais ne répondit rien.

— Venons-en aux faits, poursuivit Luis alors que l'homme savourait son cigare. Peu importe la raison qui nous motive. Combien nous devons-vous pour une location de deux jours ?

Le bedonnant fit mine de réfléchir, laissant échapper des nuages de fumée à intervalles réguliers de sa bouche. Luis en profita pour jeter un œil au reste de la pièce en quête d'une issue de secours, en cas de besoin. Devant lui, une grande armoire en bois massif couvrait le mur de brique sur presque toute la longueur, s'arrêtant seulement pour céder l'espace à une porte, fermée.

Où pouvait-elle mener ?

Dans tous les cas, emprunter cette voie serait sans espoir. Les hommes auraient largement le temps de leur tirer dessus avant même qu'ils n'aient atteint la poignée… Et puis, le fauteuil du gros balourd se trouvait juste devant…

Donc nous devons conclure un marché.

La voix tonitruante le sortit brutalement de ses pensées.

— Il me faut un peu plus de temps pour vous donner un montant adéquat ! Bien sûr, tout dépend si vous décidez finalement de le louer à plus long terme, je pratique des tarifs dégressifs. Cependant, nous pouvons partir sur une base de 1 000 $.

Luis eut le souffle coupé.

— 1 000 $ pour les deux jours ?

— Je ne peux pas descendre plus bas, se justifia paresseusement l'homme, crachant un nouveau nuage de fumée.

Jamais il n'aurait pensé devoir débourser autant.

— Espèce d'escroc ! rétorqua Stacy, complètement outrée par l'attitude indifférente du lourdaud. C'est du vol !

— Non, ma chère ! C'est de la plongée ! ricana-t-il. Mais si vous désirez un avion, je puis également vous fournir de beaux modèles…

Stacy bondit de son siège.

— Je ne peux pas rester un instant de plus avec cet usurpateur éléphantesque ! Faites ce que vous voulez ! Moi, je me casse d'ici !

Elle se retourna vivement vers la porte, fit un pas et s'arrêta aussitôt. Les quatre acolytes aux costumes gris pointaient leur arme droit sur elle…

— Hélas, j'ai bien peur que vous ne soyez pas en mesure de partir ainsi, se désola sans peine le leader depuis son fauteuil.

Elle lui lança un regard mauvais et s'avança vers les gaillards qui la tenaient en joue, l'air décidé.

— Laissez-moi passer ! Tout de suite !

L'homme au cigare ricana.

— Quelle charmante petite chose, ne trouvez-vous pas ?

Luis sentait son cœur bondir dans sa poitrine. Que Stacy vienne à franchir les limites… Les types n'hésiteraient sûrement pas un instant à tirer. En revanche, les provocations du gros devenaient vraiment agaçantes, mais ils devaient faire front jusqu'au bout. Stacy devait absolument résister encore un peu.

Et surtout, ne pas commettre l'irréparable…

— Stacy, je t'en prie, tenta Luis. Calme-toi.

— Comment veux-tu que je me calme à côté de ce monstre qui grogne de pareilles inepties !

Le monstre se leva et tendit la main dans sa direction.

— Je trouve votre langage fort peu élégant au vu de votre personne, rugit-il en agitant son cigare, faisant tomber quelques cendres sur la table. Croyez bien que si vous ne vous rasseyez pas de suite, il y a bien des chances pour que votre cadavre ne soit jamais retrouvé !

Stacy le fixa bouche bée, pétrifiée et incapable d'assimiler ce qu'elle venait d'entendre.

Délicatement, Luis se leva tout en surveillant le gros, s'assurant ainsi qu'il comprît ses intentions pacifiques. Finalement, il s'approcha de Stacy et passa son bras autour de ses épaules.

— Viens, ça va aller, ne t'inquiète pas.

Plongeant les yeux au creux de ses mains, elle fondit en larme et se laissa raccompagner par Luis. Le truand attendit que tous deux se rasseyent pour en faire de même, puis patienta jusqu'à ce que les sanglots de Stacy se calment en fumetant son cigare.

— Mes chers amis, je vous trouve un brin trop excités. Cela ne me convient pas ! Vous n'êtes pas en position pour choisir quoi que ce soit, aussi, je tiens à vous prévenir : à la prochaine attitude inadéquate de votre part, j'envoie tout balader et je ne pourrais plus garantir votre survie. Me suis-je bien fait comprendre ?

Personne ne répondit.

Tout ce que Luis avait tenté pour contrer l'emprise de l'encombrant adversaire s'était révélé inutile et, à présent, ils étaient entièrement à sa merci. Derrière eux, les quatre bandits étaient sûrement toujours en poste, ils n'attendaient qu'une seule occasion pour faire feu.

— C'est entendu, certifia Luis, le front en sueur.

— Très bien... Nous disions donc 1 000 $, uniquement cash et payables d'avance, évidemment.

Évidemment. Après tout le reste, Luis ne fut même pas surpris d'apprendre ces conditions.

— Cependant, je me doute bien que vous ne vous promenez pas avec une telle somme sur vous, c'est pourquoi je vais vous faire une fleur.

Luis échangea un regard avec Eddy. Il se méfiait autant que lui des paroles de cet escroc, mais s'il leur était possible d'avoir le sous-marin tout en reportant le paiement, il ne fallait pas hésiter.

— Voici ma proposition : mon appareil est à vous dès demain, mais je dois auparavant vous expliquer son fonctionnement. Rendez-vous devant le phare, à 9 h, avec les 1 000 $.

Enchanté par l'offre attrayante, Luis sentit l'espoir renaître en lui.

— Toutefois, afin de m'assurer de votre bonne foi, je vous demande de me fournir ici même quelque chose ayant une grande valeur à vos yeux en gage de caution.

Son regard se tourna vers Stacy qui venait de lâcher un gros sanglot.

— Le collier que je porte est un objet auquel je tiens énormément, s'empressa de proposer Luis pour détourner son attention de leur amie.

Il détacha un splendide accessoire de perles sombres, de bois et d'ivoire et le posa sur la table.

— Mon père l'avait reçu du chef de son village natal comme gage d'honneur avant de partir pour la ville. C'est le seul bien que j'aie pu récupérer lorsqu'il est mort.

La voix de Luis s'était faite lointaine, une vive émotion l'animait. Malgré cela, l'homme resta de marbre.

— Que voulez-vous que j'en fasse ? Il n'a aucune valeur pécuniaire !

Luis le dévisagea, abasourdi.

Un objet ayant une grande valeur…

Eddy se leva à son tour et porta la main à son poignet. Il en détacha une superbe montre qu'il tendit vers le lourd bandit, laissant pendre le cadran devant ses yeux.

— Cette montre de prestige vaut des cents et des milles. Ajoutez-y la valeur sentimentale que j'y accorde puisque c'est un cadeau de mon père... Vous ne pouvez avoir meilleure garantie !

L'objet se refléta dans le regard avide du monstre, illuminé par sa splendeur. Il l'observa un moment, suivant des pupilles son léger balancement.

— Ça me va ! dit-il en lui arrachant de la main le précieux accessoire.

Il fit tourner la montre entre ses doigts, fasciné par l'éclat du cristal et de l'or. Pendant quelques instants, il admira le travail de l'orfèvre, s'arrêtant sur les petits détails qui harmonisaient le bijou. Puis, se rappelant qu'il avait de la visite, il releva les yeux et rangea l'objet dans une poche.

— Demain, 9 h, devant le phare ! s'exclama-t-il brusquement. Et maintenant, foutez-moi le camp d'ici !

Tous trois se levèrent d'un même mouvement et, sans ajouter un mot, se dirigèrent vers la sortie. Les quatre bandits s'écartèrent du chemin et se plaquèrent contre le tas de cartons pour les laisser passer. Luis aperçut leurs pistolets qui pointaient à présent le sol.

Ils allaient franchir le seuil du pas de porte quand la voix forte du mastodonte en costume tonna derrière eux.

— Un instant !

Les trois amis se figèrent et se retournèrent, peu rassurés de devoir encore lui faire face.

— Comme je vous l'ai dit avant, le non-respect de mes coutumes ne me plaît pas...

Il glissa la main dans son veston et en sortit une arme automatique qu'il orienta dans leur direction.

— Je ne veux plus que cela se reproduise à l'avenir !

Sans un mot de plus, il appuya sur la détente. Trois violentes détonations retentirent et, avant même d'avoir pu faire un geste, les balles avaient atteint leur cible. L'homme rangea alors le pistolet, admira son œuvre et regarda ses subordonnés. Puis tous les cinq éclatèrent de rire. Un rire odieux, bestial.

Au sol, sur le béton froid de la cave, un sombre liquide s'étalait en une flaque brillant sous la lumière des néons.

CHAPITRE 9

La mer dans laquelle baignait Luis brillait d'un immense éclat, à tel point qu'elle en avait perdu sa nature. Mais était-ce vraiment de l'eau ? Et depuis combien d'heures flottait-il dans cet océan de quiétude ? Une ? Ou dix ?

Peu lui importait. Tous les soucis de la veille lui semblaient désormais bien lointains, et même en fouillant l'horizon aveuglant de blancheur, Luis ne parvint pas à distinguer quoi que ce soit de familier. Ses amis avaient sans doute dû rester à terre, l'esprit encore accroché à quelque souvenir…

Mais pour lui, tout cela était fini. Il flottait dans cette torpeur d'allégresse, tous les problèmes du monde lui étaient insignifiants. Seul comptait ce vaste espace lumineux qui l'entourait, le portant bien au-delà des tracas de la vie.

Tout d'un coup, alors qu'il savourait cette légèreté, une énorme vague vint secouer la pureté de cet environnement, remuant les volutes claires dans lesquelles il baignait. Rapidement, un second remous s'ensuivit, encore plus grand. Puis d'autres, de plus en plus violents…

Une véritable tempête retournait maintenant cette blancheur enivrante en y mêlant des flots sombres et impétueux, jaillis d'un endroit obscur que Luis ne pouvait voir jusqu'alors. Il fut ballotté dans tous les sens. Il voulut se raccrocher à cette neige volubile qui l'avait accueilli, mais aucune prise n'arrêta ses doigts et les filaments de lumière lui glissèrent entre les mains.

Finalement, une petite surface dure et froide resta coincée dans sa paume. Il s'y agrippa fermement, résolu à ne pas se laisser emporter par le torrent nébuleux qui avait ravagé sa plénitude. Un bruit tonitruant lui brisa alors les tympans, et tout ce qui lui avait paru si léger, si pur, disparut d'un coup, charrié par l'immense vague ténébreuse...

Luis ouvrit les yeux et se redressa.

Dans sa main, son téléphone crachait une alarme assourdissante.

Il arrêta le réveil et retomba sur son oreiller. Face à lui, le plafond ocre de la chambre s'étalait dans la faible lueur du matin filtrant à travers le rideau. Peu à peu, Luis sortit de sa léthargie. Le contact des draps chauds et secs sur sa peau avait été tellement agréable après être resté toute la soirée dans des habits complètement trempés...

Il reprit progressivement ses esprits et réalisa alors que pas une journée entière ne s'était écoulée depuis leur arrivée à Puno. Pourtant, tant de choses s'étaient déjà passées...

Luis se remémora les événements de la veille dans sa tête. L'épuisant voyage, suivi de leur début de recherche catastrophique, la fuite de Stacy et l'accident qui avait failli lui coûter la vie... Et finalement, cette interminable discussion au fin fond d'un bar miteux perdu dans les banlieues de la ville... Cette bande de malfrats avec lesquels ils avaient conclu l'accord... L'image de l'énorme bedonnant riant jusqu'à s'en éclater le ventre d'avoir explosé leur verre d'un coup de feu ne pouvait le quitter.

Alors seulement, il se rappela.

Le port... 9 h...

Luis bondit sur ses jambes sans prêter garde à l'éclair qui traversa le haut de sa cuisse, là où la lame du couteau mis en poche l'avait tranché. L'heure était déjà bien avancée, et ils devaient encore trouver mille dollars et se rendre jusqu'au phare. Il se rua au pied du lit d'Eddy, de l'autre côté de la pièce.

— Eddy ! Réveille-toi ! Faut qu'on se bouge !

Il lui attrapa une épaule et le secoua vigoureusement, mais Eddy n'ouvrit que très lentement les yeux.

— Hein ? Que… Que veux-tu ?

— Eddy ! On doit y aller !

— Où ça ?

Luis cessa de le remuer, complètement déconcerté.

— Tu plaisantes ou quoi ?

— Ah oui ! fit alors Eddy en s'asseyant péniblement au bord du matelas.

Il se frotta le bras puis plaqua les mains sur sa tête en fermant les paupières, un étrange rictus sur les lèvres.

— Ça ne va pas ?

— J'ai un mal de crâne pas possible… expliqua-t-il en se massant le cuir chevelu. Quelqu'un m'a frappé avec un marteau…

Eddy se recoucha aussitôt sous les yeux de son ami, pensif. Après quelques secondes, il lui demanda :

— Tu ne te serais pas cogné au mur pendant ton sommeil ?

— Je ne sais pas… J'ai l'impression d'avoir bouffé un volcan…

Luis dut se retenir de rire en entendant ces propos.

— Je crois que c'est cette boisson qu'on nous a donnée hier, là…

Luis revit le cocktail offert par le groupe de malfrats. Lui-même s'était effectivement méfié du breuvage et, même si le monstrueux fumeur de cigare avait épuisé son verre, il n'en avait pour sa part bu que deux ou trois gorgées, ce qui n'avait pas manqué d'énerver leur interlocuteur. Cependant, en voyant l'état d'Eddy, Luis se souvint qu'un de leur verre était vide et fit automatiquement le lien avec l'alcool.

— Si tu veux mon avis, l'hygiène de ce bar doit être aussi

exemplaire qu'une déchetterie, ajouta Eddy en tirant une nouvelle grimace de douleur.

Luis se leva.

— Je vais chercher Stacy, peut-être saura-t-elle mieux t'aider que moi.

À peine cinq minutes plus tard, Luis et Stacy revinrent auprès de lui, mais elle n'était pas beaucoup plus réveillée qu'Eddy. Elle s'était habillée en vitesse pour ouvrir la porte à Luis et l'avait aussitôt suivi.

— Alors, voyons le grand malade, dit-elle en souriant et en s'agenouillant près du lit.

— C'est pas la peine, ça va passer, fit Eddy.

Mais il détailla une nouvelle fois les maux dont il souffrait, et Stacy se redressa lorsqu'il eut terminé.

— J'ai quelques trucs dans mes bagages, dit-elle, il y a sûrement quelque chose qui peut t'aider. J'en prends toujours au cas où j'en aurais besoin.

— Heureusement qu'on a une infirmière dans l'équipe, lâcha Eddy.

— Arrête ! Je ne suis pas infirmière, répondit-elle en se dirigeant vers la porte. J'ai juste conservé quelques notions de mes études de médecine…

Elle sortit de la chambre et revint à peine quelques secondes plus tard, une grande trousse dans les mains. Sans attendre plus longtemps, elle l'ouvrit, retourna le sac au-dessus de la table et en vida le contenu.

— Il vaut peut-être mieux que tu restes ici aujourd'hui, suggéra Stacy en fouillant parmi les différents emballages.

— Je me disais la même chose, répondit Eddy, mais je ne veux pas que cela vous empêche de débuter sans moi…

— On va déjà voir si ce gars a vraiment un sous-marin, annonça Luis en se tournant vers Stacy.

— Une chose est sûre, les intentions de ces gens sont plus que douteuses. Tu ne crois pas qu'on devrait demander à la police de nous surveiller pour cette visite ?

Luis fit non de la tête.

— Surtout pas. Personne n'est censé fouiller ce lac. Le seul fait d'avoir loué un sous-marin sans autorisation de plongée fait peut-être de nous des personnes délictueuses.

Et puis, on ne va pas scier la branche sur laquelle nous sommes assis, se dit-il pour lui-même. *C'est notre unique chance...*

— Mais la police ne sait pas forcément qu'on l'a loué, ajouta Eddy.

— Il faudra bien que l'on dise comment on est tombé sur ces types, expliqua Stacy en s'emparant d'une boîte. Et ils voudront aussi nos identités, sans doute.

— Oui, reprit Luis. Et en ce qui me concerne, je ne peux pas me permettre d'enfreindre la loi. En tant qu'officier de police, je risque de perdre mon poste.

Stacy releva la tête et planta son regard sur lui. Puis elle se tourna vers Eddy.

— Je crois que j'ai trouvé.

Elle s'approcha du lit, donna la boîte à Eddy et alla lui chercher un verre d'eau.

— Okay, on se retrouve ce soir alors.

— Ça marche, répondit Eddy. Bonnes fouilles, et soyez prudents avec ce gangster !

— Pas de problème, le rassura Luis en souriant. Je vais lui montrer à qui il a affaire.

En disant ceci, il se rappela que c'était exactement son intention de la veille, mais la perfidie de ce malotru avait été plus forte...

— Stacy, je te rejoins dans le hall, déclara Luis. Je dois prendre deux-trois affaires.

Elle acquiesça et quitta la chambre, puis Luis alla chercher dans sa valise quelques documents qu'il glissa soigneusement dans son sac à bandoulière.

— Si nous ne sommes pas de retour à 22 h, préviens la police, dit-il d'un ton grave en repoussant son bagage contre le mur.

Il attrapa encore son téléphone portable et se retourna pour sortir à son tour.

Marchant à vive allure, ils ne tardèrent pas à rejoindre le quartier portuaire. Chaque nouveau pas tirait l'entaille que Luis s'était faite à la jambe, mais il n'y prêta pas la moindre attention. En approchant du débarcadère, tous deux scrutèrent les environs de l'édifice pour repérer leur bonhomme.

— Quelle heure est-il ?

— 8 h 57. Ça va le faire, on sera à l'heure.

Ils arrivèrent au lieu du rendez-vous, mais personne ne se trouvait sur place, mis à part deux hommes sur la longue jetée du port, vingt mètres plus loin. Le bruit des vagues venait percer le calme du matin qui enveloppait la côte d'un air frais et sec. L'alignement des bateaux se déréglait au rythme du mouvement de l'eau, et quelques oiseaux passaient dans le ciel avant de plonger vers la surface miroitante du Titicaca.

Luis s'arrêta et attrapa Stacy par l'épaule.

— Écoute, je vais te dire un truc, lui siffla-t-il dans l'oreille. On ne sait pas ce qui nous attend, mais on connaît le personnage. T'as vu l'état d'Eddy ce matin ? Son verre était vide, hier soir. Peut-être aurions-nous dû nous trouver les trois de cet état, alors il est bien possible que personne ne se présente, tu vois ce que je veux dire ? Si toutefois, il devait venir, nous devons rester prudents. Si l'un de nous repère le moindre danger, il tape deux fois sur son poignet, comme cela.

Luis montra l'exemple et parcourut rapidement la place du regard.

— Si le danger est imminent, on s'écarte et on improvise une fuite, quitte à se séparer. OK ?

Elle confirma et avala sa salive avec peine.

— Tu as une arme ? demanda-t-elle en repensant aux canons pointés sur elle la veille.

— À quoi bon ? La seule arme que j'avais hier était un couteau à steak. Face aux flingues, on n'irait pas loin.

Cette réponse ne la rassura pas vraiment, mais elle fit mine d'être confiante. Luis regarda sa montre.

— Il est l'heure…

Il jeta un coup d'œil autour d'eux.

— Personne en vue. Ah oui ! Une dernière chose… On ne doit pas se laisser impressionner, c'est nous qui fixons nos conditions aujourd'hui !

— Va lui dire ça en face, répliqua-t-elle, peu convaincue d'y parvenir.

Cinq minutes s'écoulèrent, mais il n'y avait toujours pas trace de l'homme bedonnant. La journée semblait pourtant propice aux recherches, seuls quelques maigres nuages se permettaient de salir le ciel immaculé.

La luminosité sera au meilleur sous les eaux, pensa Luis.

— Passé 9 h 30, il ne viendra pas, c'est certain.

Mais un individu montait prestement l'allée, un chapeau gris sur la tête, jetant des regards furtifs par-dessus ses épaules malingres. Il les aperçut près du phare et se retourna une dernière fois avant de vraiment s'approcher d'eux. Luis reconnut l'un des hommes présents la veille, dans la cave.

— Vous avez ce qu'il faut ? leur demanda brusquement le nouveau venu une fois arrivé à leur hauteur.

Luis sortit une liasse de billets attachés avec un élastique et les présenta à leur interlocuteur.

— Parfait, dit celui-ci en voulant saisir le paquet d'un geste vif, mais Luis l'esquiva.

— D'abord voir le sous-marin. Où est votre boss ?

L'homme chétif resta interdit, perturbé qu'on ose lui tenir tête, et plus encore qu'on lui impose quelque chose.

— Vous n'étiez pas trois, hier soir ? fit-il, détournant habilement le sujet.

— C'est exact. Mais notre collègue a eu un empêchement, vous devriez vous en douter, non ?

L'ambiance était tendue. Un froid glacial séparait les Américains du

Péruvien au chapeau. Luis imaginait que leur verre de cocktail avait été intentionnellement rempli d'une quelconque substance nocive.

L'homme en costume se renfrogna et ne répondit pas à la question de Luis. Apparemment, il avait mis le doigt sur un point sensible, et comme ses suppositions s'avéraient bien fondées, Luis en profita pour enfoncer le clou un peu plus.

— C'est dommage que nous ayons pu venir, n'est-ce pas ? rétorqua Luis, narquois. C'est une bien belle montre qu'Eddy vous a fournie hier, et votre chef aurait bien apprécié de l'avoir au poignet pour toujours… Mais nous comptons bien repartir aujourd'hui même avec cet objet !

— Je ne l'ai pas avec moi.

— Je m'y attendais. Mais malheureusement pour vous, nous sommes deux… Alors avant de revenir sur cette montre, je veux que vous nous meniez vers l'appareil. À moins que celui-ci ne soit qu'un prétexte pour attirer des touristes entre vos crocs ?

— Détrompez-vous, le sous-marin existe bel et bien. Je ne serais pas là sinon !

— Oui, votre chef a un bon œil… Qui contraste remarquablement avec sa mauvaise foi ! Il a bien vu que nos deux verres n'étaient pas vides, sans quoi nous serions cloués au lit comme notre ami !

— Vous êtes trop dur avec lui, répondit l'homme en costume. Si vraiment il voulait filer avec votre montre, il ne m'aurait pas envoyé vous faire la visite. Il savait que vous ne manqueriez pas ce rendez-vous.

— Je ne considère pas ça comme de la bonne foi… Mais passons ! Les intentions de votre boss ont échoué et nous sommes là maintenant. Alors, montrez-nous cet engin.

L'homme reprit sa route en direction de l'embarcadère, vers l'endroit même où Stacy avait failli perdre la vie hier. Suivant le pas rapide de leur guide, les deux amis observèrent les bateaux amarrés à cet endroit.

Où peut-il y avait un sous-marin par ici ? s'interrogea Luis.

Qu'ils aient pu passer à côté d'un tel engin sans s'en rendre compte lui paraissait inconcevable.

— Tu crois vraiment qu'il y a un sous-marin garé au port, comme ça, à la vue de tous ? demanda Stacy.

— Je sais pas. Mais son explication tient la route, quand même.

L'homme s'arrêta à côté de l'un des bateaux, parfaitement similaires à ceux qui menaient les touristes jusqu'à l'île du Soleil.

— Vous vous foutez de nous ou bien ? s'exclama Luis. On veut pas faire une croisière touristique !

Longue d'une douzaine de mètres, la quille de l'esquif oscillait de gauche à droite, balancée par un léger roulis. Comme toutes les autres navettes, l'arrière était composé d'un pont ouvert d'un mètre de long constituant l'accès à l'embarcation. La cabine s'élevait ensuite à hauteur d'homme, cabine contre laquelle une échelle métallique permettait de monter sur un toit panoramique où se trouvaient des bancs. Une porte formait l'entrée de l'habitacle au niveau du premier pont. De larges et sombres fenêtres s'y alignaient jusqu'à la proue de l'esquif, offrant sans nul doute une vue admirable à ses occupants. Enfin, sur chaque flanc de la coque pendaient deux vieux pneus, évitant aux navettes de s'entrechoquer lorsque le lac était houleux.

— Calmez-vous et suivez-moi, je vais vous montrer.

Le Péruvien grimpa à bord et se posta devant la double-porte. Luis remarqua alors que les verres de ce bateau étaient teintés, ce qui n'était pas le cas des autres.

— Mais… Que fait-il ? demanda Stacy.

L'homme se tenait face à la portière et agitait sa main devant la vitre. Intrigué, Luis se hissa à son tour et dut retenir sa surprise.

Dans la fenêtre auparavant intégralement noire se découpait à présent un petit écran lumineux. Au centre de ce rectangle figurait un clavier numérique, surmonté d'une zone de saisie blanche. Le Sud-Américain tapota une combinaison sur la commande et six caractères emplirent alors la surface claire.

735 824.

Immédiatement, le bateau entier sembla s'animer d'une étrange énergie, et des bruits de toutes sortes jaillirent du fond de sa coque.

— Souvenez-vous de ce code, c'est votre seule clé d'accès.

Enfin, un minuscule voyant vert se mit à clignoter au-dessus du clavier, sur la droite.

— Voilà, l'ouverture est activée.

Qu'est-ce que c'est pour un engin ? s'inquiéta Luis.

Le Péruvien escalada l'échelle et grimpa sur le toit, puis fit signe à ses deux invités de le suivre. Quand ils l'eurent rejoint, il sortit un petit objet de sa poche, similaire à une clé de voiture. Il appuya sur l'un des deux boutons qui s'y trouvaient, et aussitôt le toit se mit à vibrer sous leurs pieds. Une porte circulaire d'une soixantaine de centimètres se souleva devant eux, pivotant sur un axe latéral, offrant à présent une ouverture assez large pour un homme bien bâti.

— Je vous en prie, entrez, fit le Péruvien, un sourire sur les lèvres.

Une fois son étonnement apaisé, Luis nota que c'était la première fois qu'il leur souriait.

Sans doute est-il fier de pouvoir nous impressionner avec sa technologie, remarqua Luis.

Finalement, il se glissa dans le trou et se laissa choir à l'intérieur, immédiatement rejoint par Stacy.

La première chose qui les frappa fut l'éclairage : aucune lueur ne parvenait depuis l'extérieur, seuls quelques spots incrustés à la carcasse fournissaient une lumière juste suffisante. Depuis dehors, les vitres teintées du bateau semblaient offrir une vue spectaculaire au ras de la surface, mais maintenant, ils réalisèrent que ces vitres n'existaient tout simplement pas. Celles-ci représentaient uniquement un camouflage pour dissimuler l'appareil submersible parmi les navettes touristiques.

La solide cabine métallisée d'environ dix mètres de long était séparée en deux compartiments. Ils se trouvaient ici dans un petit espace vide situé sur l'arrière de l'esquif, sans doute prévu pour entreposer des marchandises ou des bagages. C'était par cet endroit que l'on entrait ou sortait du SAS. Au-dessus du groupe, le couvercle de l'habitacle s'était déjà refermé. Devant eux, six confortables sièges de cuir s'alignaient sur trois rangées, tous orientés vers la proue, et un étroit couloir central permettait d'y circuler aisément. Qu'une navette touristique puisse abriter ce genre d'installation épatait Luis, mais cela n'était rien en comparaison de ce qui trônait en face des deux premières places.

Répartis sur toute la largeur du cockpit, une multitude d'écrans sombres de diverses tailles s'étageaient sur trois niveaux, et le tout formait un ensemble homogène incroyablement moderne. Chaque siège était aussi doté d'un moniteur individuel, mais l'absence de manette ou d'interrupteur normalement indispensable dans un tel appareil déconcerta Luis. Pourtant, le futurisme qui se dégageait de cette extravagance technologique le laissait ébahi, et il pouvait voir leur silhouette se refléter sur les écrans, cinq mètres devant eux.

Soudain, Luis revint à la réalité en se rappelant qu'il était à côté d'une personne aux mœurs douteuses.

— Dites donc, vous vous foutez de nous ?!

Il empoigna le frêle homme par le col et leva le poing. Stacy sursauta, surprise par cette réaction brutale.

— T'as pas encore pigé ? On veut un sous-marin ! Pas un home cinéma ambulant !

L'individu attrapa son pistolet et le braqua droit sur la poitrine de Luis, mais celui-ci, aveuglé par la colère, ne relâcha pas sa prise. Stacy retint son souffle, terrifiée devant cette scène.

— Si j'étais vous, déclara tranquillement le Péruvien, je me calmerais et attendrais la fin des explications.

Le poing menaçant de Luis resta suspendu en l'air quelques secondes, tremblant de rage entre l'envie et raison, puis il l'abaissa lentement, continuant de dévisager avec mépris leur guide. Ce dernier rengaina son arme et réajusta son complet.

— Bien… Je vais maintenant vous montrer le fonctionnement de cette machine, dit-il en empruntant le couloir et en s'asseyant au premier rang, à gauche.

Il déposa son chapeau sur une petite tablette, contre la paroi de la cabine.

— Prenez place à ma droite, Monsieur Kamau.

Luis interrogea Stacy du regard, mais elle lui fit un signe de la tête, l'incitant à obéir. Il s'exécuta avec prudence, et Stacy se glissa derrière son siège, bras croisés sur le dossier, de sorte à pouvoir bien observer les différents écrans, toujours éteints pour l'instant.

Luis s'impatienta.

— Comment le démarre-t-on ?

— J'attendais la question ! répondit l'homme, l'air réjoui. C'est maintenant que vous allez voir le véritable bijou que vous aurez entre les mains !

Le Péruvien cachait mal son excitation et Luis nota aussi une touche de fierté dans ses paroles.

— *Power On !* annonça haut et fort le péruvien.

Un générateur s'enclencha quelque part sous leurs pieds et tous les moniteurs s'illuminèrent d'un coup, diffusant un éclat bleuté dans toute la cabine.

— Allumage à commande vocale, expliqua-t-il comme s'il s'agissait de la plus grande banalité.

Luis s'aperçut qu'il prenait un malin plaisir à dévoiler la technologie de ce sous-marin.

— Voici l'écran de contrôle principal.

Il désigna celui qui se trouvait juste devant lui. Une liste de termes anglais y était inscrite.

— Depuis le menu principal, vous avez plusieurs options disponibles, mais celle qui nous intéresse est celle-ci.

Il pressa sur la ligne qui indiquait « Navigation » et la deuxième rangée d'écrans horizontale afficha un panorama des bateaux voisins, restituant une vision presque complète de tout ce qui entourait le submersible dans le port.

— Toutes les instructions sont en anglais, mais cela ne vous posera aucun problème, bien sûr.

Luis acquiesça.

— Dites-moi, l'aperçu extérieur reste-t-il visible une fois sous l'eau ?

— Évidemment, c'est grâce à cela que vous pouvez voir les environs. Une bonne cinquantaine de caméras fournissent les images de base, lesquelles sont ensuite traitées par l'ordinateur de bord pour composer la vue en temps réel. Les puissants processeurs et chipsets graphiques permettent un temps de calcul remarquable, ne laissant que quelques millièmes de secondes de décalage entre ce qui se passe dehors et ces images.

Luis et Stacy observèrent les navettes amarrées à côté d'eux osciller sur les écrans, fascinés par l'installation.

— Bien sûr, le panorama affiché s'adapte selon la direction que vous prenez. Par exemple, si vous allez en arrière — il toucha un bouton — les caméras situées à l'arrière du sous-marin s'enclenchent de suite.

En effet, les moniteurs présentaient désormais l'embarcadère depuis lequel ils avaient accédé au pont. Quelques personnes commençaient à s'agglutiner au bout du ponton, attendant avec impatience la véritable navette qui les emmènerait vers les îles.

— Il en est de même pour les plongées, les caméras adéquates se mettent en fonction et vous restituent ce qui se trouve sous le submersible.

— Pas mal, reconnut Stacy en admirant le paysage numérique. Si j'ai bien compris, tout est entièrement actionné par commande tactile ou vocale ?

— Exactement. Le boss a bien fait les choses, il a voulu un appareil complet et efficace, mais accessible à n'importe quel individu. Je vais vous montrer comment ça se passe, vous verrez, un môme de deux ans pourrait le faire les doigts dans le nez.

Il effectua quelques manipulations sur le grand écran, expliquant en même temps à quoi elles correspondaient. Enfin, la fausse navette se mit en route à faible allure. Lentement, elle se laissa glisser entre ses congénères touristiques puis, une fois sortie du port, elle prit un peu plus de vitesse.

— Cette petite merveille peut monter jusqu'à 30 nœuds, ce qui est assez rare pour ce genre d'embarcation.

Le bateau-fraudeur poursuivit en direction du large, brisant fièrement les ondes qui parcouraient le lac sous l'effet du vent. Après une dizaine de minutes, le Péruvien stoppa les moteurs.

— Je vais maintenant vous expliquer comment passer en monde plongée.

— Avec plaisir ! s'exclama Luis, qui sembla relâcher à ce moment toute la tension qu'il avait accumulée depuis le début de leur rencontre.

L'embarcation portée par son inertie avança encore quelques mètres en décélérant et finit par s'immobiliser, doucement bercée par les légères vagues miroitantes.

— Le fonctionnement est entièrement automatisé : il vous suffit de sélectionner ce bouton et de confirmer, tout le reste est calculé par l'ordinateur de bord.

Il pesa sur le bouton en question et tous les moniteurs devinrent noirs, à l'exception de l'écran central qui affichait désormais quatre images, une pour chacun des quatre côtés de l'esquif. Un ronronnement se fit alors entendre, différent de celui du moteur.

— Les ballasts du sous-marin sont en train de se remplir d'eau, expliqua l'homme, les bras croisés. Bientôt, nous serons sous le niveau du lac.

Sur la deuxième lignée d'écrans, celui de gauche montrait à présent ce qui se trouvait sous le submersible. Une sorte de brouillard voguant entre le bleu et le noir s'estompait peu à peu dans une nuit fluide.

— Impressionnant, commenta Luis avant de se retourner vers Stacy. Tu sais que c'est la première fois que je monte dans un sous-marin ?

Elle lui répondit par un sourire, visiblement décontractée.

— Et quel sous-marin ! rétorqua le Péruvien, heureux de son joyau technologique.

Luis était désormais convaincu par l'appareil et avait presque du remords de s'être énervé contre l'homme au costume. Tout compte fait, celui-ci n'était pas aussi bourru que son chef.

— Et c'est là que ça devient intéressant, poursuivit leur guide, excité de pouvoir montrer le potentiel de l'engin.

Il pesa à nouveau sur un bouton, et l'ensemble des écrans se rallumèrent d'un coup, laissant apparaître l'environnement sombre des eaux sacrées.

— Fantastique ! s'exclama Luis, plus que satisfait.

— Les commandes sont exactement les mêmes qu'en mode surface, et le sonar automatisé interviendra immédiatement sur le système de navigation en cas de danger pour dévier la trajectoire.

Stacy aperçut cependant qu'un des moniteurs affichait toujours la vue en plein air et interrogea le Péruvien.

— Le bateau n'est qu'une coquille servant à cacher ce sous-marin, expliqua l'homme en costume.

— Comment ça ?

— Nous nous sommes séparés de la coque au moment de la plongée. Celle-ci est restée à la surface.

Comme pour le leur prouver, il enclencha les caméras placées au sommet du submersible, et l'un des écrans offrait désormais une vue de ce qui se trouvait en direction du ciel. Un petit rectangle sombre flottait exactement au-dessus d'eux.

L'homme reprit ses explications.

— Un système embarqué permet de stabiliser la position de la coque en régulant son emplacement selon les coordonnées GPS relevées au moment de la plongée. La marge d'erreur est d'un demi-mètre par temps calme, raison pour laquelle je vous demanderai de ne pas entamer de procédure d'arrimage si le lac est trop mouvementé. Mais si c'était le cas, l'ordinateur vous le signalerait.

Luis et Stacy observèrent en silence le contour de l'esquif vide, sur l'écran.

— C'est incroyable... dit Luis.

— On ne pouvait rêver mieux ! s'exclama Stacy.

— Il me semble que je vous ai montré toutes les manipulations principales, je vais pouvoir vous laisser. En arrivant au port, nous ferons encore la phase d'accostage, mais il n'y a rien de compliqué à cela, vous verrez.

Il pesa sur la commande pour remonter à l'air libre, et le submersible amorça aussitôt sa lente ascension, calculant la trajectoire à suivre pour pénétrer précisément dans la coque. Ils auraient tout aussi bien pu avoir une tasse de café dans les mains, le sous-marin revint se loger de lui-même là où il se trouvait avant la plongée.

Quelques minutes plus tard, le bateau repartait vers Puno et, lorsqu'ils furent arrivés, l'homme enclencha l'ouverture de la porte. Tous trois sortirent du poste de commande et le Péruvien se plaça exactement devant l'échelle permettant de redescendre du toit.

— J'attends encore votre caution, avisa-t-il d'une voix grave. Sans cela, je ne pourrais vous laisser avec cette merveille.

Luis prit le paquet de billets dans son sac et le tendit au pilote qui l'attrapa aussitôt de ses doigts osseux. Il glissa la liasse dans son manteau et s'empressa de quitter l'embarcation.

— Hey !

Le Péruvien se retourna, et Luis le fixa sévèrement.

— Dites à votre chef de revenir avec la montre s'il veut revoir son sous-marin !

L'homme devait comprendre qu'ils ne se laisseront pas usurper.

— Lui seul décide ce qu'il juge bon de donner, répondit-il froidement avant de s'éloigner d'un pas vif.

CHAPITRE 10

La sombre masse d'eau ne s'ouvrait que péniblement sous les faisceaux des phares du sous-marin. Un calme absolu régnait à l'intérieur de l'habitacle, brisé uniquement par le léger bourdonnement des moteurs. Chaque écran semblait afficher le même paysage, tout paraissait identique autour de l'engin, devant comme derrière. Si la carte n'avait pas été là, il eût été très facile de s'égarer dans cette étendue obscure et inconnue…

Assis à la première rangée de sièges, Luis et Stacy étaient tous deux occupés à scruter les images monotones qui s'offraient à leurs yeux, guettant le moindre changement de forme, le moindre détail qui eût pu signaler la présence de l'or d'Atahualpa. Or, les seules découvertes réalisées jusqu'à présent se limitaient à des rochers, des algues et des poissons. Par moment, Luis rectifiait la trajectoire ou allumait les caméras situées sous le sous-marin lorsqu'ils franchissaient une faille.

— Je voyais la chasse au trésor bien plus exaltante que ça, reconnut Luis, las de ce morne environnement.

— Oui, on se croirait pris dans un épais brouillard…

— C'est bien sympa de pouvoir pousser la vitesse jusqu'à

35 nœuds, mais avec une telle visibilité, c'est tout simplement inutile !

Effectivement, il leur était très difficile de distinguer la roche au-delà de dix mètres ; tout était flou et seule leur imagination pouvait dire ce qui se cachait derrière le voile aqueux.

Ça va nous prendre une éternité... s'inquiéta Luis.

L'avancée se déroula ainsi pendant de longues minutes, perdue dans le calme des profondeurs. Leur espoir, aspiré par ces eaux ténébreuses, restait accroché sur les fonds du lac à mesure qu'ils progressaient. Stacy finit par demander :

— Tu penses vraiment qu'on a une chance de trouver quelque chose ?

Luis la regarda en souriant.

— Évidemment ! Le sous-marin était le problème le plus compliqué à résoudre, et nous avons maintenant un engin doté d'une technologie de pointe à un tarif plus que correct ! Si on avait prévu les choses légalement, on n'aurait jamais eu ça en si peu de temps.

— Oui, mais n'est-ce pas là le problème justement ? Si quelqu'un nous dénonçait...

— Qui pourrait nous dénoncer ? répondit-il en levant les mains en l'air, un grand sourire insouciant sur les lèvres. On ne connaît personne ici ! Il suffit de ne pas se faire voir. Le concept de ce bateau - sous-marin est juste parfait pour ça !

— Et le boss ?

— Le boss ? Il aurait bien trop à perdre à nous signaler : ce sous-marin a dû lui coûter des millions. J'ignore pour quelle activité il utilise cet engin, mais ça ne doit pas être très net, si tu veux mon avis. En nous dénonçant, il devrait expliquer à la justice pourquoi il emploie cette machine alors qu'il y a une interdiction pour ce lac.

Il marqua une pause, vérifiant pour lui-même la crédibilité de son raisonnement.

— Non. Le boss n'a vraiment aucun intérêt à nous accuser. Ce submersible est bien trop important pour ses « affaires ». Je peux te garantir que nous ne risquons rien tant que personne ne nous voit.

Elle parut rassurée et observa un moment l'obscurité qui s'ouvrait devant la coque de métal. Inlassablement, les rochers continuaient de défiler sur leurs écrans, tous aussi tristes les uns que les autres.

— J'espère qu'Eddy va bien, dit alors Luis.

Stacy acquiesça.

— D'ailleurs, en parlant de lui, je voulais te demander… Tu crois vraiment que ce gros balourd a essayé de nous intoxiquer ?

Luis se pencha de côté, attrapa son sac et le posa sur ses genoux.

— En tout cas, c'est l'impression que j'ai, répondit-il en sortant une pile de documents. Ce type transpire la malhonnêteté, c'est certain ! Eddy est le seul à avoir fini son cocktail, et il n'y a que lui qui soit malade.

Stacy observa les mains noires de Luis, puis rétorqua :

— Le monstre aussi avait vidé son verre. Tu crois qu'il aurait pris le risque de…

— Il a surtout renversé toute sa boisson dehors, tellement il se foutait de nous !

Il parcourut rapidement les différentes feuilles qu'il avait sorties, avant d'en garder une remplie de texte.

— Et si tu veux savoir, cet abruti aurait très bien pu se contenter de la montre à Eddy, elle vaut une petite fortune. Le gros mafieux prend certainement beaucoup de risques en nous louant son sous-marin.

— Ouais, ben, ça, c'est son problème, dit-elle d'une voix plate.

Luis porta le regard sur elle et s'aperçut qu'elle le fixait depuis un moment. Ses yeux brillaient d'un éclat si intense qu'ils auraient pu percer la pierre la plus dure qui existait. Ses pupilles, grandes et toujours aussi claires, semblaient réellement chercher à atteindre son cœur, immanquablement à leur merci…

Mal à l'aise, Luis se concentra à nouveau sur sa feuille, mais il ne la lisait pas. Son esprit voyageait ailleurs.

La lueur de ces yeux lui avait rappelé la tragédie tout juste évitée de la veille, et l'angoisse le saisit une nouvelle fois. Pourquoi avait-elle agi ainsi ? Que pouvait-elle cacher de si douloureux derrière son visage réjoui ?

Il se risqua à la regarder encore une fois, mais son amie n'avait pas détourné les yeux de lui. Un étrange sourire s'était installé sur elle, mais cette fois, Luis ne broncha pas. Il la fixa à son tour d'un air grave.

— Stacy... Est-ce que...

Il ne savait pas comment le lui demander. Au fond de lui, il était convaincu que quelque chose ne tournait pas rond avec Chris, mais il ne pouvait se permettre d'aborder le sujet. Embarrassé, il posa finalement les feuilles sur ses genoux et lui attrapa la main.

— Est-ce qu'il y a quelque chose qui te tracasse ?

Aussitôt, sa question lui parut complètement déplacée et il regretta de l'avoir prononcée. Le sourire de son amie s'effaça, son regard se perdit quelque part entre eux. Elle avait l'air déçue.

— Non, répondit-elle avec amertume. Tout est OK.

Elle garda les yeux dans le vide quelques secondes, puis se redressa en plongeant à nouveau ses pupilles dans les siennes.

— Je suis contente d'être ici avec toi, c'est tout.

Un sourire maladroit s'esquissa entre ses joues, et Luis comprit alors qu'il avait vu juste.

Elle mentait.

Elle n'est pas encore prête...

Dans sa grande main sombre, les doigts fins de Stacy paraissaient si fragiles... Que pouvait-il faire pour la protéger de ce mal qui la rongeait ?

À ce moment, Luis prit conscience qu'il n'avait plus tenu cette main ainsi depuis des années. Par sa faute, la douceur de cette peau avait disparu et, maintenant qu'il la redécouvrait sous le regard tendre et perçant de son amie, il réalisa vraiment tout ce qu'il avait perdu, tout ce qu'il avait laissé tomber sans le vouloir...

— Bon. Et... Ça va ton bras, sinon ?

Stacy baissa les yeux sur sa blessure, invisible sous son vêtement.

— Ça ira, ne t'en fais pas, lui sourit-elle.

Un puissant bruit continu creva tout à coup le calme de l'habitacle, oscillant entre grave et aigu, résonnant comme un cri de douleur dans la cabine pressurisée.

Luis sursauta. Toutes ses feuilles volèrent à terre et il lâcha subitement la main de Stacy.

— Qu'est-ce que c'est ? s'exclama Stacy, paniquée.

L'alarme, longue et menaçante, hurlait à leur en percer les tympans. Sur les moniteurs, le panorama extérieur avait disparu, remplacé par un énorme signe de danger clignotant au rythme de la sirène assourdissante.

— Y a quelque chose qui joue pas ! cria Luis pour surpasser le bruit.

Il passait d'un écran à l'autre et tentait de cerner le problème en observant les indications d'état de la machine, mais le gros signal rouge omniprésent détournait son attention des données techniques.

— Je sais pas d'où ça vient ! J'y comprends rien !

L'alarme continuait de rugir telle une furie, faisant presque éclater les solides parois de la cabine.

— Ferme-la !

Il tapa nerveusement sur toutes les commandes, essayant d'éliminer l'avertissement aveuglant.

— Calme-toi, Luis ! hurla Stacy. Tu vas rien arranger comme ça !

— Y a rien à faire !

Ses oreilles n'en pouvaient plus de supporter ce son strident.

— Merde, merde, merde ! On va s'écraser au fond !

Ce n'était plus la raison qui parlait, c'était la peur. Démuni de ses moyens, Luis était incapable de faire taire l'alarme et de reprendre le contrôle du sous-marin. Tous les boulons du submersible semblaient maintenant vibrer sous le cri d'alerte, et Luis sentait bien que la coque n'allait pas tarder à se disloquer sous la pression violente des eaux.

— Merde ! Stacy ! Je...

Tout s'arrêta d'un coup. Le signal disparut comme il était apparu, l'énorme symbole rouge s'envola comme s'il n'avait jamais existé et tout se dégagea en une seconde.

— C'est pas vrai...

La voix de Stacy était restée très calme, presque irréelle. Ce qui les attendait était tout simplement inconcevable...

Face aux caméras, à quelques dizaines de mètres devant le sous-marin, un gigantesque mur de plus de dix mètres de haut se dressait sur leur trajectoire. Soigneusement imbriquées, les lourdes pierres cyclopéennes qui le constituaient semblaient défier les siècles, recouvertes d'algue et de mousse.

— On va s'écraser dedans ! hurla Luis, pris de frayeur.

Il bondit sur ses pieds et s'empressa de tapoter sur l'écran de contrôle. Stacy, à sa droite, restait pétrifiée d'angoisse.

— Qu'est-ce qui s'est passé ?! vociféra Luis sans cesser de bidouiller les commandes. Il faut qu'on passe par-dessus !

Un flot de sueur commençait à s'écouler sur son front mais, malgré sa détresse, il parvint à diriger le sous-marin vers le haut.

— C'est ça ! Vas-y, plus vite !

Le submersible remontait peu à peu, d'un mouvement à peine perceptible... L'obstacle se rapprochait dangereusement, mais l'appareil était lent. Beaucoup trop lent...

— Quelle idée de mettre un mur ici !

Parcouru de tremblements, Luis n'arrivait plus à maîtriser ses doigts et augmenta par erreur la vitesse du sous-marin. Quelques gouttes de transpiration vinrent s'écraser sur le moniteur de commande, noyant l'écran d'un voile humide.

Les imposantes roches du mur grossissaient de plus en plus et, bientôt, l'impact ne pourrait plus être évité...

Tout à coup, Stacy qui avait jusqu'alors été incapable du moindre geste, se dressa sur ses jambes et se rua sur le poste de pilotage, éjectant Luis contre la paroi. Le bruit sec du choc contre le métal froid s'étouffa aussitôt, mais témoigna de la violence du mouvement. Très vite, Luis releva la tête et comprit seulement à ce moment ce qui lui était arrivé, massant son épaule endolorie par le coup.

Stacy, debout devant le tableau de bord, observait fougueusement la trajectoire du submersible en se mordant les doigts. Sous leurs pieds, les moteurs du sous-marin s'étaient arrêtés, mais l'inertie prise continuait de propulser l'engin vers le mur qui semblait plus que prêt à les recevoir de plein fouet…

— Inverse les moteurs ! cria Luis, la gorge sèche.

Il venait de comprendre l'idée de son amie.

— Plein gaz en arrière !

Stacy n'attendit pas une seconde de plus avant de lancer la commande. Aussitôt, le bruit sourd de la machinerie reprit, mais les caméras frontales s'étaient désactivées et les moniteurs affichaient ce qui se trouvait derrière eux.

— Merde ! On voit plus rien !

Le sous-marin perdit progressivement sa vitesse. Dans la cabine, le temps s'était figé, les deux amis retenaient leur souffle en appréhendant l'impact.

Seuls quelques mètres devaient maintenant les séparer de la redoutable construction, solidement arrimée quelque part devant leur esquif… L'unique aperçu qu'ils en avaient était les images fournies par les caméras latérales, légèrement anamorphosées, et l'appareil restait lancé dans sa course folle…

— Arrête-toi !

Les moteurs, poussés au maximum en marche inverse, freinaient de mieux en mieux le lourd submersible et, enfin, celui-ci sembla s'arrêter. Il se stabilisa — sans doute à quelques mètres seulement de la muraille — et repartit en arrière.

— Bien joué ! s'exclama Luis tout en se relevant.

Le sous-marin prit rapidement de la vitesse, mais ni Luis ni Stacy n'y prenaient plus garde. Ils ne pouvaient contenir leur joie, et Luis avait attrapé Stacy pour la serrer dans ses bras, heureux de ne pas avoir fini leur course dans l'antique construction.

Elle avait dû avoir tout autant peur que lui ; des tremblements virulents secouaient chacun des membres de son corps, mais sentir la solide stature de son ami contre elle l'apaisa de suite. Ainsi enlacés dans cet élan d'allégresse, tous deux oublièrent le danger qu'ils venaient d'éviter, et leurs visages crispés par l'angoisse se détendirent peu à peu, ruisselants de sueur.

Subitement rattrapé par le présent, Luis s'écarta d'un saut. Se trouver en contact si rapproché avec Stacy ne lui était plus habituel, et il savait qu'il n'osait plus se le permettre. Mais il était tellement fier d'elle, de son initiative face à ce danger…

— Je… Excuse-moi, dit-il, la voix encore tremblante d'émotion.

Elle lui souriait et semblait véritablement avoir retrouvé tout son calme.

— Il n'y a pas de quoi.

En fait, elle paraissait beaucoup plus apaisée que lors du début de leur voyage.

Luis la fixa quelques secondes, ravi de pouvoir contempler la profondeur de ses yeux, puis se tourna vers les commandes afin de stopper le sous-marin. Ce dernier n'avait cessé de reculer depuis tout à l'heure, et le mur titanesque avait même disparu des moniteurs. Il ramassa ensuite ses feuilles sans dire un mot puis les remit dans l'ordre, vérifiant avec grand soin qu'elles soient rangées correctement.

— Qu'est-ce que c'était, à ton avis ? interrogea Stacy lorsqu'il eut fini, brisant le silence abyssal de la cabine.

Elle fit un signe de tête en direction des écrans, désignant les images qui s'y trouvaient quelques minutes plus tôt.

— Quelque chose qui a failli nous tuer, glissa Luis. Je ne comprends pas, le système aurait dû détecter cet obstacle, nous étions en pilotage automatique.

Elle réfléchit un court instant.

— Peut-être l'as-tu désactivé par erreur.

— C'est possible…

Il réenclencha les moteurs.

— Je veux quand même voir ce qui se cache derrière ce mur.

Le submersible se rapprocha à nouveau de la construction, mais il était entièrement sous contrôle à présent. Il ne fallut que quelques secondes avant que la longue maçonnerie réapparaisse sur les moniteurs et, peu de temps après, ils franchissaient les plus hautes roches qui délimitaient son sommet. Alors, devant eux, le nouveau paysage qui se dévoilait les déconcerta au plus haut point.

L'obscurité des eaux avait cédé sa place à une étrange clarté, révélant un panorama fabuleux qui s'étendait plusieurs centaines de mètres à la ronde. Là, un immense champ de ruines déchirait le fond du lac en dégageant les fondations d'innombrables maisons de pierre antiques. Légèrement sur leur droite, une importante avenue creusait un large sillon entre ces murs dépourvus de toits. À ses abords, de petites rues prenaient naissance et s'aventuraient dans la masse de roche, s'effilochant encore en passages plus étroits jusque dans les coins les plus reculés de la cité. Là-bas, au bout de la grande artère, une majestueuse pyramide surveillait la ville endormie pour l'éternité. L'un de ses côtés s'était en partie effondré et formait maintenant un gros tas de pierres brisées au pied de l'édifice.

— C'est incroyable, s'extasia Stacy alors qu'ils survolaient les vieilles maisons dégarnies. C'est vraiment incroyable…

Luis fit faire au sous-marin un virage sur la droite et amorça une descente dans l'allée principale.

— C'est grandiose !

Ils avançaient désormais à faible allure, à quelques dizaines de centimètres du sol, entourés des ruines bordant l'avenue, et Luis n'eut aucune peine à imaginer la belle cité prospère qui devait jadis se trouver ici.

— Cette ville pourrait correspondre à la légende des Aymaras, déclara soudainement Luis, le regard perdu entre les antiques pierres qui formaient les maisons alentour.

— Les quoi ? s'étonna Stacy.

— Les Aymaras. Il s'agit d'un peuple qui vivait bien avant les Incas dans cette région, on estime à 200 ans avant Jésus Christ les débuts de l'activité aymara autour du Titicaca. Ils avaient établi sur ces terres un véritable empire hélas peu connu, remplacé peu à peu par de plus petits royaumes. Quand les Incas sont arrivés ici plus de mille ans après, ils ont intégré les Aymaras dans leur empire grandissant. Aujourd'hui encore, les Aymaras subsistent tant bien que mal, submergés par la mondialisation et le capitalisme envahissant.

Stacy écoutait avec intérêt l'histoire de Luis, lequel résumait avec passion ses savoirs. Sensible à la dignité humaine, elle fut pourtant profondément touchée par le déclin de cet empire méconnu.

— C'est fou, dit-elle, il y a tellement de choses qu'on ignore. Tu as parlé d'une légende, non ?

Luis acquiesça.

— La légende du Titicaca. Elle explique la création du lac.

Les yeux de Stacy se remplirent d'envie, et Luis comprit aussitôt qu'il n'allait pas échapper à son don de conteur. Saisissant fermement les accoudoirs, il se réajusta au fond de son siège et prit un air sérieux.

— Cela remonte à très longtemps. Le lac n'existait pas, en tout cas pas sous sa forme actuelle. En ces temps-là, la vallée renfermait de nombreux terrains fertiles où de grands troupeaux d'alpagas paissaient allégrement. L'agriculture formait l'activité principale de la région, on fabriquait de belles choses entre les murs de petites maisons de pierre. Les hommes vivaient en paix, personne ne manquait de rien et tout le monde était heureux.

Tout en récitant la vieille histoire, Luis contemplait l'étrange vide de cette rue dévastée, témoin d'une période faste. Stacy le regardait passionnément et écoutait avec fascination ces paroles si savamment contées.

— Jaloux de ce bien-être, poursuivit Luis en marquant le ton, le diable leur demanda un jour quelque chose d'insensé. Le démon exigea qu'ils lui apportent le feu sacré, perché sur les hautes cimes andines, sans quoi un grand malheur s'abattrait sur la vallée. Les habitants impuissants face à cette menace savaient que l'accès aux montagnes leur était interdit par les divinités... Mais leur terreur était telle que ces pauvres gens s'exécutèrent ! Les hommes partirent sans plus attendre à la conquête des sommets sacrés, décidés à ne pas se laisser ravager par le diable.

Joignant le geste à la parole, Luis décrivit une pyramide avec ses mains, mimant la silhouette d'une haute cime.

— Mais les dieux des montagnes s'en aperçurent et, mis en colère par cette attitude, envoyèrent sur les profanes une cohorte de pumas. Les félins divins n'avaient qu'une mission : empêcher les hommes d'atteindre les pics enneigés. Très vite, ils les rattrapèrent et les dévorèrent tous les uns après les autres, sans pitié. Le ventre plein, les fauves descendirent d'un pas vif dans la vallée et s'attaquèrent au reste de la population. La trahison des villageois n'était pas pardonnable, seule leur mort assurerait aux dieux la paix éternelle. Ainsi, les féroces félins bondirent sur chaque personne croisée, déchiquetant de leurs crocs sans merci les chairs de tous ces malheureux qui attendaient le retour de ceux partis à la recherche du feu sacré. En voyant ce désastre, le dieu du Soleil fut profondément attristé par le sort de ces hommes, car ceux-ci le vénéraient. Il pleura alors pendant quarante jours et quarante nuits, formant un gigantesque flot de larmes qui s'abattit sur la vallée. Le courant impétueux ravagea tout sur son passage : cultures, élevages, constructions...

Luis marqua une pause, laissant Stacy assimiler le funeste destin de cette population.

— Ceux qui n'avaient pas péri sous les crocs des pumas furent emportés par le torrent.

Il plongea un regard ténébreux dans les yeux de son amie, renforçant encore la fatalité de son récit.

— Dans la vallée, plus un seul souffle de vie ne circulait. Tout le monde était mort...

Puis il se redressa et prit un air emballé.

— Tout le monde, sauf deux personnes. Un jeune couple survécut au cataclysme divin, réfugié dans une maigre barque de joncs. De leur misérable embarcation, les deux rescapés virent alors les sinistres pumas se transformer en pierre avant d'être ensevelis pour l'éternité sous les eaux déchaînées.

Luis retint son souffle quelques secondes, puis tourna la tête vers les écrans. Devant eux, l'avenue engloutie défilait doucement. Quelques poissons passaient à leur côté, faisant un écart pour céder la place à cet étrange animal de fer venu d'un autre temps. Quelques mètres plus loin, la grande artère débouchait sur une vaste esplanade où trônait la pyramide, fièrement dressée dans son auréole de temples à moitié effondrés.

— Depuis ce jour, le lac porte le nom de Titicaca. En aymara, on l'écrit alors *Titijaya*, ce qui signifie puma de pierre.

Quelques secondes de silence marquèrent la fin de la légende pendant lesquelles Stacy se laissa emporter par le récit, visualisant une énorme vague déferler contre les flancs des sommets andins.

— Impressionnant ! s'extasia-t-elle en admirant le majestueux édifice qui grandissait sur les moniteurs. C'est donc de ces pumas que vient ce nom surprenant !

— En fait, le Titicaca connaît plusieurs étymologies, mais toutes rejoignent une histoire en lien avec des pumas.

Ils étaient maintenant arrivés sur la place bordant la pyramide. Cette dernière les défiait de toute sa hauteur et, malgré la vase qui obscurcissait sa perfection, elle ne perdait rien de sa splendeur. Sa face écroulée contraignit les deux amis à partir sur la gauche ; l'énorme tas de roches empêchait le passage dans l'autre direction. Lentement, le sous-marin glissa entre les temples et l'imposante construction et, partout, des blocs de pierre tapissés d'algues et de sable gisaient au sol.

— Dans tous les cas, cette cité n'a vraiment rien de légendaire.

Stacy se tourna vers Luis, le considéra un instant puis annonça :

— Te rends-tu compte que nous sommes sûrement les premières

personnes à longer ces rues depuis l'époque de ce couple ?

Il plongea ses yeux dans les siens, mais le sourire de son amie, franc et rayonnant, ne le laissa pas indifférent. Habituellement, le regard Stacy n'était pas si intense, pas si… envoûtant.

En fait, Luis connaissait les moindres traits de ce visage tendre et passionné auquel il faisait face, et depuis aujourd'hui, il se sentait totalement renversé. Il y avait plus de huit ans que Stacy ne l'avait plus observé de la sorte…

Pourquoi Eddy n'est-il pas ici ? se lamenta Luis pour lui-même, tentant de passer au travers des yeux ardents de son amie.

Il détourna le regard.

— Ce couple n'a peut-être jamais existé, dit Luis pour changer de sujet. Il s'agit d'une légende.

Stacy abaissa la tête, déçue du manque de considération de Luis.

— D'ailleurs, peut-être bien que cette ville n'a rien à voir avec la vallée mentionnée.

Il désigna alors les écrans sur lesquels la grande place centrale de la cité engloutie continuait de défiler. Sur leur gauche, une importante avenue invitait à la découverte, semblable à celle empruntée tout à l'heure.

— Crois-tu qu'on puisse trouver le trésor par ici ?

— J'espère pas, répondit simplement Stacy. Dans ces ruines, il nous faudrait fouiller chacune de ces maisons. Si les Incas l'ont largué au-dessus de cette zone, l'or a pu tomber n'importe où. D'ailleurs, comment allons-nous le récolter ? On ne peut pas sortir du sous-marin, ni même entreposer nos trouvailles quelque part…

Luis ne répondit rien. Il savait bien qu'ils n'avaient pour l'heure pas de solution au problème soulevé par son amie.

— Tu as entendu ? Le gros mafieux a clairement dit qu'il n'existait pas de matériel de plongée disponible aux abords de ce lac. Ce ne sera pas facile…

Stacy l'observait d'un air inquiet.

— Ce qui veut dire qu'on pourra rien récupérer ?

Luis secoua la tête.

— Pas forcément. Pour l'instant, ce qui compte, c'est de découvrir son emplacement. Ensuite, on verra.

Ils arrivaient maintenant de l'autre côté de la pyramide. Là, une nouvelle avenue s'ouvrait lentement sur leur gauche, exactement en face de celle d'où ils venaient.

— Et puis, reprit Luis, cette cité engloutie vaut à elle seule bien plus que tout l'or du monde ! Imagine la valeur d'une telle découverte pour les historiens et les archéologues !

Stacy lui sourit. Elle savait qu'il avait raison.

Profiter de la beauté de cette ville endormie sous le lac était bien au-delà de toutes les richesses du monde. Admirer ces murs toujours debout malgré leur âge était simplement incomparable. Qui pouvait se targuer d'avoir contemplé pareil spectacle ?

Luis vira en direction de la large rue en augmentant un peu plus la vitesse.

— Mais le plus étonnant, c'est que nous nous retrouvions ensemble face à cette merveille oubliée, perdus tous les deux au fond des eaux sombres du Titicaca.

Il lui décocha un sourire mystérieux, et commanda au sous-marin de remonter. Lentement, le submersible reprit de la hauteur et, sous la coque de métal, la ville fut une nouvelle fois abandonnée. Étendant ses quatre bras vers les points cardinaux, la pyramide veillerait à jamais sur les ruines qui s'étalaient à perte de vue jusqu'à ces contreforts rocheux — limite naturelle de la cité — plusieurs centaines de mètres plus loin.

CHAPITRE 11

Le reste de l'après-midi s'était montré aussi morne que leurs premières heures de recherches. Une inlassable succession de rochers, de sable et de poissons avait accompagné les longs moments qui avaient suivi la découverte de la cité engloutie, mais aucun objet précieux ne s'était manifesté devant les caméras du sous-marin. Stacy et Luis avaient finalement décidé de rentrer au port où ils s'étaient empressés de rejoindre l'hôtel. Là, ils avaient raconté à Eddy tout ce qu'ils avaient vu, et celui-ci avait eu beaucoup de peine à garder son calme jusqu'au lendemain où, enfin, il avait pu prendre part à l'expédition.

— C'est dingue… Comment ce mec a-t-il pu se procurer un engin pareil ?

Eddy était complètement fasciné par la simplicité de pilotage du sous-marin. Chaque fois que Luis manipulait les commandes, son ami restait épaté devant la docilité du submersible.

— On a quand même failli se fracasser contre ce mur multiséculaire… rappela Stacy.

— Ouais, c'est vrai, concéda Eddy sans pouvoir imaginer la frayeur qu'ils avaient eue la veille. D'ailleurs, repasse-moi les photos.

Luis lui tendit son téléphone portable.

Le sous-marin possédait une fonction automatique qui enregistrait une image tous les cent mètres, ainsi qu'à chaque opération de direction. En rentrant au port hier, Luis avait découvert les nombreux fichiers totalement par hasard et avait donc pris le temps de les récupérer avant de quitter le submersible.

— Ce qui est surprenant, c'est cette lumière qui plane sur la cité, commenta Eddy en observant l'une des photos.

— C'est ce que nous avons pensé aussi, répondit Stacy en contemplant le cliché en question. Je me demande bien quel pouvait être le rôle de cette ville…

Luis se tourna vers eux et les considéra quelques secondes, puis ramassa le sac posé à côté de son siège. Eddy et Stacy le regardèrent, intrigués, et comprirent aussitôt lorsqu'ils le virent sortir un tas de documents.

— Beaucoup de mystères entourent le Titicaca, commenta-t-il en feuilletant la pile de papier qu'il avait attrapée. Sans doute n'aurons-nous jamais la réponse à chacun d'entre eux. Néanmoins, certains éléments peuvent être mis en parallèle et donner naissance à des suppositions.

Luis s'arrêta enfin sur une page, en vérifia le contenu et la sortit du lot.

— Plusieurs découvertes n'ont à ce jour pas trouvé d'explications, décrivit-il. En 1956, un plongeur américain a tenté de retrouver un trésor mentionné par un Bolivien. Malgré plus d'une vingtaine de descentes, il a récolté seulement quelques fragments de poterie. Par la suite, il parla beaucoup d'une ville divine, une « cité des Dieux » qu'il aurait aperçue sous les eaux, non loin de l'embouchure du *Rio Escona*. Ce plongeur décrivit de très vieux murs de pierres à moitié écroulés sur lesquels venaient s'accrocher les algues.

Stacy écarquilla les yeux.

— Tu crois que c'est ce qu'on a trouvé hier ?

— Non, je ne pense pas. Selon les dires de l'américain, les ruines reposent à environ trente mètres de fond. Nous étions beaucoup plus profonds hier. Et toutes ces fouilles se sont déroulées bien plus au sud de la région que nous avons parcourue.

— Mais quel intérêt pour nos recherches alors ? s'interrogea Stacy, désillusionnée.

Luis haussa les épaules.

— C'est toujours bien de savoir ça. Dans l'ensemble, la plupart des explorations ont été réalisées dans la partie bolivienne du lac, c'est-à-dire celle au sud. Par exemple, nous savons depuis les années 30 que des ruines se trouvent aux abords de l'île du soleil, un haut lieu de culte pour les Incas. D'ailleurs, les civilisations qui ont précédé les Incas l'utilisaient déjà puisqu'on y a retrouvé des traces remontant bien avant notre ère. Pourtant, au début du XXIe siècle, une nouvelle expédition pleine d'espoirs nommée Atahualpa 2000 a mis au jour des vestiges impressionnants près de cette île.

— Atahualpa 2000 ? s'étonna Stacy. Comme l'empereur ?

— Tout à fait. Les plongeurs y ont découvert un mur d'une longueur d'environ 700 mètres, une ancienne route et des restes de cultures en terrasses. Mais le plus incroyable, c'est qu'à côté de tout ça se dressent encore les contours d'un imposant temple de 250 mètres de long ! Personne n'a pour l'instant réussi à expliquer à quoi servait ce complexe, mais une chose est sûre, c'est que ces constructions sont bien plus vieilles que l'Empire inca. Les estimations évaluent l'âge du temple à au moins un millénaire, ce qui signifie qu'il aurait été érigé par la civilisation Tiahuanaco, un très ancien peuple sud-américain.

Stacy se fit pensive.

— Crois-tu qu'il y ait un lien avec notre cité ? Les quatre avenues principales forment sans doute des voies d'accès à la ville, et l'une d'elles pourrait…

— Je ne sais pas. Cette ville devait représenter une agglomération majeure pour l'ensemble du continent. À en juger par la richesse de ses temples et la taille de la pyramide, ce devait être un haut lieu d'activités pour la civilisation qui l'a construite.

Quelques instants de silence s'installèrent dans la cabine du sous-marin. L'évocation de cette imposante cité engloutie faisait fourmiller mille idées des plus fascinantes dans l'esprit des Américains. Combien de personnes y avaient-elles vécu ? Qui avait démarré son édification ? Comment avait-elle été recouverte par les eaux du lac ?

Toutes ces questions sans réponse laissaient libre cours à leur imagination, et chacun construisait toutes sortes de scénarios renversants dans leur tête. Stacy ne put s'empêcher de repenser à l'énorme flot de larmes qui, selon la légende aymara, avait submergé la vallée.

— Ça vous dirait de prendre un peu d'air frais ? demanda finalement Eddy. On étouffe dans cette boîte de conserve.

Aujourd'hui, les trois amis avaient décidé de franchir la frontière pour leurs recherches. Depuis Puno, ils étaient partis tout droit en direction de la Bolivie, contournant la pointe de Llyachon par le sud. Peu avant la limite supposée, le groupe avait jeté l'ancre et était passé en mode plongée là où le lac était au plus profond. À cet endroit, il pouvait descendre jusqu'à plus de 250 mètres, et tous trois avaient bon espoir de pouvoir y découvrir quelque chose d'inédit.

Mais seuls les poissons se succédaient, tous aussi similaires les uns que les autres, et les fonds rocheux ressemblaient à un morne paysage désertique, désolé. Rien ne semblait indiquer qu'une quelconque valeur puisse se trouver abîmée ici-bas. Les ténèbres intenses des eaux sacrées ne leur facilitaient pas la tâche, Stacy accueillit donc avec joie la proposition à Eddy.

— Mais on doit retourner jusqu'à la coque alors ?

Luis lui adressa un large sourire.

— Pas besoin. J'ai découvert un manuel avant de quitter le sous-marin hier, et je l'ai feuilleté une partie de la nuit. Notre bonhomme ne nous a pas tout montré…

— C'est normal, il s'est limité aux fonctions qu'il a jugées utiles pour nous.

— Sans doute. N'empêche que j'ai trouvé le moyen pour sortir de l'eau et actionner l'ouverture de la porte sans être lié à la coque externe.

Aussitôt, Luis se tourna vers le moniteur de commande.

— Comme un sous-marin standard ? demanda Stacy.

— Comme un sous-marin standard. D'ailleurs, il y a un autre équipement qui pourrait nous rendre service plus tard : des bras robotisés.

— Sérieux ? s'exclama Eddy, abasourdi. Décidément, c'est un vrai bijou cet engin !

— Ça, tu peux le dire.

Luis tapota quelques fois sur l'écran, puis le véhicule stoppa son avancée, perdant progressivement de la vitesse. Les caméras supérieures s'enclenchèrent, laissant entrevoir une sorte de halo lumineux et, finalement, un léger tremblement secoua l'appareil, signe que les ballasts se vidaient de leur contenu pour permettre la remontée. Quelques minutes plus tard, le submersible brisa la surface remuante du lac, caressée par un faible courant.

Le sous-marin ne possédait pas de sas à proprement parler, puisque la lourde trappe étanche incrustée dans le toit représentait la seule fermeture disponible. Cette particularité rendait toute sortie sous les eaux impossible, et Luis réalisait déjà avec amertume qu'ils devront trouver un autre engin lorsqu'il leur faudrait ramasser le trésor.

À peine la porte fut-elle ouverte qu'un puissant souffle pénétra dans la cabine, déversant un air frais et revigorant jusque dans les moindres recoins. Moins de deux minutes plus tard, les trois Américains contemplaient depuis le toit les crêtes lointaines des Andes qu'un éclatant manteau nacré venait garnir sur les hauteurs. Quelques kilomètres les séparaient encore du littoral bolivien, mais ils pouvaient y deviner une belle végétation contrastant avec des zones plus sèches. De grandes surfaces cultivées découpaient la côte, et quelques routes serpentaient à travers ces étendues, reliant les petits groupes de maisons dispersés çà et là. Sous leurs pieds, les eaux miroitantes du Titicaca reflétaient les nuages dodus qui blanchissaient le ciel.

Mais l'attention de Luis était retenue par une étrange formation rocheuse composée de deux éminences distinctes. La plus haute surplombait les terres plates du rivage d'une quarantaine de mètres environ, recouverte sur ses parties supérieures par quelques buissons ras là où les rocs acérés le permettaient. La pente faisait ensuite une dépression assez abrupte avant de remonter d'une dizaine de mètres, constituant ainsi la deuxième colline dressée parfaitement face au lac. Ses falaises hébergeaient de splendides arbres verdoyants qui s'accrochaient tant bien que mal aux saillies irrégulières de la rocaille.

— Je connais cette montagne, déclara Luis en pointant le doigt dans sa direction. C'est le *Dragòn Dormido*, ou Dragon Endormi. Il doit son nom à sa forme et c'était un lieu sacré pour plusieurs civilisations andines, dont les Incas. On peut y trouver notamment des peintures rupestres.

— C'est vrai qu'on dirait un dragon en train de dormir, glissa Eddy en observant le mont en question.

Les deux élévations rappelaient effectivement la silhouette d'un de ces mythiques reptiles comme s'il eût été couché, tête dans l'eau.

— À nouveau, plusieurs légendes nous racontent comme cet animal de pierre a atterri ici. Seulement…

Luis prit un air embarrassé et parcourut rapidement les environs du regard.

— Quelque chose ne va pas ? s'enquit Stacy.

— Et bien… Je n'aurais pas pensé qu'on se trouvait si près de la côte, répondit-il d'une voix plate.

Il se tourna vers le large.

Où peut bien se trouver notre coque ? se demanda-t-il.

— Et alors ? répliqua son amie. Où est le problème ? On peut mieux observer le dragon comme ça.

— Le problème, c'est que cette petite montagne est un lieu touristique. Avec une journée pareille, il doit y avoir pas mal de personnes en balade dans les environs.

Eddy s'inséra dans le débat.

— Mais on s'en fout, ils font ce qu'ils veulent. Pourquoi devrions…

— Personne n'est censé se promener en sous-marin dans ce lac, rétorqua Luis d'un ton sec.

Un silence s'installa l'espace de quelques secondes, rompu seulement par le clapotis de l'eau qui heurtait la coque du submersible. La beauté du paysage leur avait fait oublier à quelle condition ils étaient parvenus jusqu'ici.

— Tu crois qu'ils arrivent à nous voir depuis là-bas ? demanda Eddy. On est loin quand même.

Luis haussa les épaules.

— On est moins discret qu'en plongée surtout…

Tous trois se tournèrent vers la double montagne. Bien qu'éloignés, ses versants ne semblaient pas accueillir le moindre individu, et même les champs qui tapissaient les environs avaient l'air parfaitement stériles de tout être humain. Seuls les arbres aux frondaisons généreuses trônaient fièrement sur les flancs du dragon.

— Bon, on verra bien. De toute façon, nous allons bientôt replonger.

Eddy sortit alors de sa poche son téléphone portable.

— Dites, maintenant que j'y pense, si on prenait une photo en souvenir de cette aventure ?

— Pourquoi pas ! lança joyeusement Stacy.

Les trois amis se serrèrent l'un contre l'autre et Eddy tendit le bras, s'efforçant de cadrer à la fois leur groupe ainsi que la montagne à l'arrière.

Satisfait du résultat, il s'apprêtait à remettre son téléphone en poche quand celui-ci lui glissa subitement des mains et tomba sourdement au sol. Dans un triste claquement, l'appareil rebondit contre le toit avant d'achever sa course en crevant la surface du lac.

— Merde ! maugréa Eddy en se penchant au-dessus de l'eau. C'est pas vrai !

Il scruta le cercle de remous comme si le portable allait en ressortir d'un instant à l'autre.

— Tant pis, j'en rachèterai un. Faisons au moins une autre photo.

— Ça risque d'être dur de le récupérer, annonça Luis en attrapant son propre téléphone pour reprendre le cliché.

Une fois que cela fut fait, Luis sentit son cœur faire un bond dans sa poitrine en apercevant au loin un bateau venant dans leur direction.

— Vite ! Descendons !

Stacy et Eddy se retournèrent et virent à leur tour le petit point qui grandissait, plusieurs centaines de mètres devant eux. Aussi vite que le leur permettait la modeste écoutille du toit, ils se hâtèrent d'entrer dans la cabine, puis refermèrent immédiatement le verrou étanche. Luis activa les caméras ; le bateau venait bel et bien vers eux, il n'y avait plus de doute à présent.

— Allez ! Démarre ! s'exclama Eddy, paniqué.

Mais le moteur refusa de s'enclencher. L'appareil restait obstinément planté au même endroit, peu à peu rejoint par la rapide embarcation.

— Merde ! Qu'est-ce qu'il se passe !

Luis sauta sur ses pieds, se pencha sur l'écran de commande et se déchaîna dessus, tentant par tous les moyens de mettre en route le sous-marin. Sur les moniteurs, le bateau était très proche, ils pouvaient maintenant lire *Guardacostas* sous la proue.

— Merde ! rugit Luis. Les gardes-côtes !

Son cœur battait à lui rompre les côtes, mais il continuait d'insister frénétiquement sur la touche permettant l'activation du monde plongée, ignorant la douleur qui naissait dans l'articulation de son index.

Rien ne se produisait.

— Vas-y ! Démarre !

L'embarcation des gardes-côtes était quasi à leur côté à présent ;

des hommes vêtus d'uniformes sombres observaient le sous-marin avec curiosité.

— Démarre ! hurla Eddy, pris de panique.

— Attendez ! s'exclama Stacy.

Les deux Américains se tournèrent vers Stacy, consternés.

— Tu crois qu'on a le temps d'attendre ! répliqua Eddy.

— Regarde l'écran ! Y a un message !

Ils posèrent leurs yeux sur la dalle de pixels et virent alors l'avertissement qui clignotait en tout petit dans un angle.

Security lock disabled. Check the door controler.

— C'est pas vrai ! rugit Luis en se précipitant vers le verrou étanche.

Luis rouvrit violemment l'écoutille, puis la referma d'un geste sec. Il essuya un long filet de sueur qui coulait sur son front et enclencha finalement un interrupteur situé à côté de la trappe.

L'avertissement disparut de l'écran de commande.

— Mets-le en route ! Vite ! cria Luis.

Dehors, deux gardes-côtes s'affairaient sur le pont du bateau. L'un d'eux tenait un mégaphone, alors que l'autre donnait un ordre dans un talkie-walkie. Après un interminable moment, le bourdonnement signalant le remplissage des ballasts s'éleva enfin dans la cabine et, lentement, le sous-marin se fondit sous la surface du lac.

— Il peut pas descendre plus vite ! hurla Eddy, pressé de s'éloigner de la patrouille.

Mais il savait que l'opération prenait un certain temps. Sur le bateau, les hommes s'affolaient devant ce mouvement et couraient dans tous les sens. La proie était en train de leur échapper.

Mais il était trop tard. Le sous-marin plongeait bel et bien et fut très rapidement recouvert par les flots. Les trois Américains gagnèrent encore en profondeur avant d'actionner les moteurs au régime maximal. Sans direction précise, le submersible s'enfonça dans les eaux mystérieuses du Titicaca, disparaissant au cœur de l'inconnu.

Une seule chose comptait pour eux : marquer le plus de distance possible avec les gardes-côtes. Après une bonne demi-heure à s'enliser dans les ténèbres, Luis fit ralentir l'engin, estimant la probabilité d'être repéré quasi nulle.

— N'empêche, j'aimerais bien savoir où nous sommes, demanda Stacy, inquiète.

Luis toucha un endroit sur l'écran de commande et une grande carte s'afficha sur l'un des moniteurs secondaires. Celle-ci localisait l'appareil en plongée tout en donnant un aperçu approximatif des reliefs alentour.

— Comment fonctionne la balise GPS ? s'étonna Luis en voyant le petit point vert symbolisant leur emplacement clignoter.

Celui-ci paraissait beaucoup trop au nord par rapport à la région qu'ils avaient prévu d'explorer aujourd'hui : leur fuite les avait poussés bien plus loin.

— Les GPS se servent des satellites, mais il me semblait que les ondes électromagnétiques ne passaient pas sous l'eau.

— C'est juste, confirma Eddy d'un air sûr. En fait, c'est un peu plus compliqué… Certaines ondes de très basses fréquences parviennent à parcourir de grandes distances pouvant même aller jusqu'à plusieurs milliers de kilomètres, mais leur utilisation demande des infrastructures beaucoup trop lourdes et encombrantes pour être embarquées dans des sous-marins. Seuls les plus gros bâtiments sont équipés d'une installation plus ou moins compatible.

Luis et Stacy le regardèrent, les yeux grands ouverts.

— Tu t'intéresses à la physique ondulatoire ? questionna Luis.

— Non, simplement à la plongée. Je pense que comprendre les principes physiques généraux permet de mieux se démerder en pratique après.

Stacy acquiesça.

— OK, mais en attendant, comment le système fait-il pour nous localiser à cette profondeur ?

Elle désigna un petit chiffre inscrit non loin du point clignotant : 200.

— Prenons la question au sens large, poursuivit Eddy. Les ondes électromagnétiques sont absorbées par l'eau. En général, les fréquences communément utilisées en navigation ne peuvent pas traverser plus d'une vingtaine de mètres d'eau, c'est pourquoi seuls les sous-marins en plongée peu profonde peuvent encore communiquer avec les satellites.

Luis tenta de s'insérer dans les explications selon ses connaissances.

— Un système spécial a été créé pour les appareils en eaux profondes : les sonars.

— Exactement. Les scientifiques se sont inspirés du mode de communication des dauphins. Ceux-ci émettent des sons très caractéristiques pour s'orienter et se parler entre eux. Si les ondes électromagnétiques sont inefficaces sous l'eau, il n'en est pas de même pour les sons : leur vitesse sous l'eau est d'à peu près 1,5 km à la seconde, ce qui en fait un rapide moyen de transmission. Le sonar est conçu pour émettre une onde sonore, laquelle va se propager et, lorsqu'elle rencontre un objet ou un élément de l'environnement, sera renvoyée sous forme d'écho en direction du lieu d'émission. C'est ce signal que va récolter à nouveau le sonar pour l'analyser ; la différence de temps entre l'émission et la réception permet de calculer la distance.

Stacy observa le point vert sur l'écran, pensive.

— Mais, si on bouge, comment le sous-marin peut-il récupérer ce signal ?

— Plus la vitesse est élevée, moins le résultat sera précis, répondit Luis, pourtant inquiet en constatant que leur véhicule poursuivait sa course plein nord. Selon les données, nous avons parcouru pas loin de treize kilomètres depuis le lieu où nous sommes sortis de l'eau. Au vu de l'allure à laquelle nous avons voyagé depuis, il se pourrait bien que ce chiffre soit différent en vrai.

— Oui. Les sonars sont très efficaces, mais sous certaines conditions. Les fonds marins de tous les océans ont été cartographiés de la sorte, c'est dire la puissance du système.

— N'empêche, fit Luis, comment fait-il pour nous situer dans l'immensité de ce lac ? Le sonar permet de détecter les objets sous l'eau, pas de communiquer avec les satellites GPS.

Eddy réfléchit un moment pendant que Luis, fasciné par le savoir qu'il découvrait chez son ami, attendait patiemment une réponse.

— Et bien… Notre sous-marin est bien différent de tous les appareils de plongée imaginables. Il est très probable qu'il compare les résultats de ses sonars aux données cartographiques bathymétriques du Titicaca.

Stacy se tourna vers lui.

— Bathy… quoi ?

— Bathymétriques. La bathymétrie est la mesure des fonds marins, ce que je mentionnais tout à l'heure. C'est ce qui nous a permis de dresser les cartes des reliefs sous-marins. En confrontant ses propres relevés aux informations officielles, l'appareil peut certainement aligner ses cartographies avec celles déjà établies. Et puis, ce système est sans doute couplé à la boussole et aux données de navigation comme la vitesse et la durée de trajet. Grâce à ça, il doit pouvoir retracer un itinéraire encore plus précis de notre voyage.

— C'est fou… répondit simplement Stacy.

Le petit point vert se déplaçait de façon imperceptible sur le moniteur, mais Luis revint soudain à la réalité.

— On est trop au nord surtout ! Notre zone de recherche s'étend aux environs de cette ligne-là.

Il passa le doigt au-dessus de l'écran.

— On est surtout trop profond… murmura Stacy presque pour elle-même. Les gars, à moins que vous ne vouliez labourer le fond pour y planter des patates, je vous conseille de remonter un peu.

Sur les aperçus panoramiques, ils constatèrent l'un après l'autre qu'ils avançaient effectivement très près du sol. De nombreuses aspérités déchiraient la roche, tendant de menaçants éperons irréguliers vers le sous-marin. Les plus hautes formations défilaient à leur côté, comme des béliers prêts à accuser le choc.

Si le pilotage automatique se désactive comme hier, nous n'aurions pas le temps de réagir, réalisa Luis. *La coque serait aussitôt transpercée.*

Il revit le gigantesque mur qu'ils avaient évité de justesse la veille, la frayeur qu'ils avaient ressentie en tentant de stopper le submersible coûte que coûte.

— Tu as raison, nous devons être prudents, répondit Luis en modifiant l'un des paramètres du mode automatique.

Tout en surveillant la trajectoire de l'appareil, Luis ne put s'empêcher de songer à leur coque flottante qui les attendait là-haut, quelque part à la surface du lac. Était-elle toujours au même endroit ? Était-ce loin d'ici ? Les gardes-côtes avaient-ils mis la main dessus ?

Le cœur de Luis se serra à l'idée que leur secret soit découvert. Aussitôt, il visualisa le débarcadère de Puno rempli d'agents de police guettant leur arrivée, prêts à les accueillir. Au milieu de la patrouille, le lourd homme en costume qui leur avait loué l'engin riait aux éclats, un cigare au bout des doigts…

Luis chassa ces images de sa tête et reporta son attention sur les écrans de vision. Le sous-marin reprenait quelques mètres de hauteur, juste assez pour sortir du couloir formé par les dangereux monolithes. Les phares de l'appareil étaient assez puissants pour éclairer jusqu'au creux de ces gouffres sombres et sauvages.

Lentement, la progression suivit le même rythme lourd et redondant : pas la moindre trace du trésor. Mais les récifs déchirés cédèrent bientôt leur place à une légère pente que seules quelques algues venaient décorer de leurs mornes lambeaux ondulants. Au sommet de la montée, une grande paroi rocheuse rehaussait le fond du lac d'une quinzaine de mètres environ.

Le submersible vira sur la gauche pour contourner le solide contrefort naturel, passa devant un piton rocailleux puis franchit la falaise. Derrière, une immense crique sous-marine s'ouvrit alors, dévoilant une multitude de poissons qui nageaient dans tous les sens.

— C'est étrange, murmura Luis d'une voix rêveuse. J'ai l'impression de découvrir un autre monde.

L'appareil traversa rapidement la crique, glissant à côté d'une nouvelle muraille minérale.

— C'est comme si personne n'était jamais venu ici.

— C'est certainement le cas. Sauf ce malheureux, là.

Eddy tendit le bras et pointa une zone sur l'écran panoramique.

— Mon Dieu ! s'épouvanta Stacy en portant les mains à sa bouche.

Appuyé contre un roc à une vingtaine de mètres devant eux, un squelette humain gisait dans une position plus que surnaturelle, le dos complètement arqué en arrière comme s'il eût été brisé en heurtant le fond du lac. Une légère mousse commençait à recouvrir son crâne, et ses côtes accrochaient quelques algues entraînées par les courants.

— Encore un touriste qui s'est un peu trop penché par-dessus le bastingage, dit Stacy l'air soudainement indifférent.

Luis fronça les sourcils.

— Je ne crois pas... Observe bien.

Sous son front osseux, les orbites vides scrutaient les eaux à la recherche de la surface, comme si le dernier espoir de cette personne avait été de voir les flots s'ouvrir pour lui offrir un peu d'oxygène. Un étrange rictus liait ses dents sauvagement visibles, soulevant de façon flagrante la douleur encourue. Cause de l'horrible contorsion de son corps, une solide chaîne voracement grignotée par la rouille détenait ses mains et ses pieds, tragiques instruments de cette agonie, attachés ensemble dans le creux du dos.

— Il a été jeté dans le lac... murmura Stacy pour elle-même.

— Exact, répondit Luis. Et ça ne doit pas être bien vieux.

Bien qu'il ne subsistât aucune trace de chair, les ossements du malheureux étaient bien conservés. Les eaux du Titicaca faisaient progressivement leur œuvre, et déjà, la couleur claire avait été remplacée par une teinte brunâtre.

Ils continuèrent de l'observer avant que Stacy ne brise le silence lugubre qui s'était installé.

— Mais qu'a-t-il pu faire pour mériter un tel supplice ?

Une lourde et solide roche était attachée aux pieds du cadavre, destinée malgré elle à empêcher le corps de remonter.

— Ça, on n'en saura jamais rien, fit Eddy, l'air songeur. D'ailleurs, ça ne changerait rien pour lui.

— Fichons le camp d'ici ! s'exclama alors Stacy. Ce bonhomme me fait froid dans le dos. Et puis, pourquoi as-tu arrêté le sous-marin ?

Elle lança un regard réprobateur à Eddy qui avait effectivement immobilisé le submersible.

— Pour pouvoir observer ce pauvre bougre. Personne ne lui a rendu de dernier hommage, je pense que lui manifester un peu d'attention est le moins qu'on puisse faire.

— Tu ne sais rien de lui, répliqua-t-elle. Peut-être était-ce un criminel qui ne méritait que ça ?

— Ou peut-être pas. Si ça se trouve, il était l'otage d'un groupement armé que seul le versement d'une rançon bien trop élevée aurait pu faire changer d'avis.

Stacy écarquilla les yeux.

— Qu'est ce que tu vas inventer ? De toute façon, comme tu dis, ça ne lui redonnera pas la vie. Et même si c'était le cas, il ne serait pas bien avancé, ici, au fond du lac, avec son caillou aux pieds…

— Tu as vraiment une drôle de…

— Dites, regardez voir par là, les interrompit soudainement Luis.

Celui-ci était resté complètement en dehors du débat et observait l'écran affichant le côté droit du sous-marin. Stacy et Eddy s'approchèrent de lui, intrigués.

— J'ai cru apercevoir quelque chose… poursuivit Luis à voix basse.

Tous trois scrutaient maintenant le moniteur qui laissait transparaître seulement quelques masses sombres indistinctes, trop faiblement éclairées par les lampes du submersible.

— Effectivement, il y a de l'eau, affirma Eddy, qui ne voyait rien d'extraordinaire.

Luis secoua la tête.

— Non. Il m'a semblé que... Là !

Il plaça son index sur l'écran.

— Vous avez vu ?

Ses deux amis répondirent par la négative.

— Comme un éclat, une lumière qui s'est allumée...

— Je n'ai rien vu, répéta Eddy. Peut-être as-tu eu une hallucination ? Tu sais, l'air renfermé comme ça, c'est pas bon et...

— Non, attends ! Ça va sûrement revenir.

Le vide sombre devant les caméras ne semblait pas receler d'objet brillant, mais les trois Américains continuèrent d'observer l'endroit indiqué par Luis. Un faible reflet perça alors les ténèbres pendant une fraction de seconde.

— Là ! De nouveau ! s'exclama Luis.

— Oui, je l'ai vu aussi, cette fois, confirma Stacy. Une petite lumière, comme un flash au loin.

— Je n'ai toujours rien vu, se désola Eddy.

Il n'avait pas fini sa phrase que Luis avait bondi sur le siège et fait repartir les moteurs du sous-marin.

— Qu'est-ce que tu fais ? l'interrogea Eddy.

— Je veux savoir ce que c'est, répondit-il, la voix tremblante.

Le sous-marin se tourna peu à peu vers l'origine de cet éclat.

— Tu es fou ! réagit subitement Stacy. Si c'était les gardes-côtes !

Mais Luis avait une autre idée en tête.

Peu de choses peuvent briller sous les eaux, à cette profondeur...

— Il n'y a qu'un moyen d'en être sûr.

À mesure que l'appareil pivotait, les lueurs devenaient plus fortes et plus fréquentes, répondant aux faisceaux de ses puissants phares. À présent, une tache claire se démarquait nettement des fonds ténébreux qui s'étendaient au-delà de la source éblouissante.

Accroché au moniteur, Luis sentait son cœur cogner contre sa poitrine, emballé par l'excitation.

— C'est étrange, on dirait un reflet, décrivit Stacy en approchant son visage de l'écran. Qu'est-ce que ça peut bien être ?

— En tout cas, c'est une drôle de silhouette, commenta Eddy, plissant des yeux.

La tâche s'agrandissait petit à petit, devenant de plus en plus précise. Quelques traces sombres venaient maintenant en obscurcir de façon irrégulière la surface éclatante. La gorge sèche, Luis réalisa enfin de quoi il s'agissait.

— C'est plus qu'une silhouette... dit-il, retenant avec peine son envie de crier.

Devant eux, un bloc massif et étincelant s'était dégagé des eaux profondes, envahi en divers endroits par d'épaisses touffes d'algues et de mousse.

— C'est une statue, s'extasia Stacy, les yeux perdus devant ce vestige d'un temps passé.

— Une statue d'or ! précisa Luis en sautant sur ses pieds, heureux de voir sa supposition se concrétiser.

Recouvert par une couche de plantes aquatiques, un magnifique puma doré d'environ deux mètres de haut se tenait fièrement assis, arborant la splendeur même que pouvaient démontrer ces animaux sur la terre ferme, perchés sur un rocher. Une abondante masse de mousse avait coiffé sa tête, formant un délicat pelage s'étendant des oreilles au museau. Son regard affecté par l'érosion n'offrait plus qu'une légère bosselure dans le précieux métal, et sans doute en était-il de même pour ses épaules, dissimulées sous les algues qui conféraient à sa peau ambrée l'aspect duveteux d'une vraie fourrure jusqu'au-dessus de ses pattes. Le lourd et solide piédestal sur lequel se tenait l'animal reposait bien à plat, comme si le puma avait expressément choisi cet endroit afin de s'y installer pour l'éternité.

— C'est incroyable... murmura Eddy, émerveillé. Qu'est-ce que ce fauve fait ici ?

— Il nous attendait, glissa Stacy.

La posture du félin d'or rappelait effectivement celle d'un garde, prêt à laisser passer ses visiteurs.

Ou pas.

— C'est comme s'il surveillait les allées et venues des gens pour protéger quelque chose, poursuivit Stacy, les yeux figés sur la statue.

— Sauf que la seule chose intéressante se trouve sans doute bien loin d'ici, ajouta Eddy, en repensant aux ruines découvertes la veille.

Mais il était tout aussi fasciné que son amie.

— Il n'a pas de fonction, trancha Luis, d'une voix que l'excitation avait relâchée.

Stacy et Eddy se tournèrent vers lui et le dévisagèrent. Luis, surpris, leva les mains devant lui.

— Regardez autour de nous. Que voulez-vous qu'il protège ?

Tout autour du sous-marin, ce n'était que rocailles, algues et obscurité. Aucune trace de construction, aucun vestige antique, aucun reste de civilisation ne reposait à cet endroit. Quelques poissons devaient bien passer sous le museau du fauve par moment, mais ceux-ci étaient bien les seuls qu'il eût pu protéger ou mettre en garde. L'immensité aquatique offrait simplement le calme, le froid et la nuit.

— Ce puma a atterri ici par hasard, poursuivit Luis. Il n'a aucune raison de se trouver là.

Stacy et Eddy semblaient retrouver leur bon sens, mais l'enchantement des légendes était tenace…

— Et les pumas de pierre ? Tu sais, ceux de l'histoire que tu m'as contée hier. Ça pourrait en être un, non ?

Il soupira.

— Non, je ne pense pas. J'adore les légendes, ce nom seul suffit pour évoquer chez moi les plus grands mystères de l'humanité, mais je ne crois pas que celui-ci soit réel.

— Mais l'or des Incas est une légende, non ? ajouta-t-elle. Et pourtant, tu y crois ?

— C'est pas tout à fait la même chose. Il y a… Comment dire ?

Luis réfléchit un moment, le regard perdu sur la précieuse statue.

— Il y a une différence entre les légendes et ce récit de Pizarro. Les premières se basent sur des croyances ou des religions, avec des descriptions fantastiques et une narration presque magique, ce qui rend leur plausibilité très hasardeuse. En revanche, l'or d'Atahualpa nous vient d'un fait réel, d'un événement historique qui n'est autre que la chute de l'Empire inca, une des plus fabuleuses civilisations précolombiennes. Cela est irrévocable. Douter de l'existence de ce trésor tient simplement du fait qu'aucun signe n'indique que les Incas ont véritablement vidé leurs barques ici en 1533.

Il leur laissa le temps d'assimiler son raisonnement avant de poursuivre.

— Voilà, pour moi, la différence majeure entre un récit comme celui des pumas et celui du trésor. Nous possédons des documents, des textes qui décrivent concrètement cette période, par ailleurs très précisément située dans la chronologie. Ce qu'il nous manque, ce sont des preuves. Et je crois bien que nous venons d'en trouver une.

Il pointa l'écran sur lequel le fauve en or continuait de les observait du même air impassible, solidement ancré sur sa dalle.

— Hein ? fit Eddy, faisant à nouveau face à Luis. Tu crois qu'il s'agit du trésor ?

— D'une partie, oui, admit-il en fixant le félin. Peu de raisons ont pu amener cette statue à près de deux cents mètres de fond. Je pense que... Eh ! Regardez !

Stacy et Eddy tournèrent encore une fois la tête vers le puma.

— Sur le socle... Il y a comme quelque chose d'inscrit.

Perçant à travers quelques espaces vierges d'algues, de curieux signes gravés à même le métal se suivaient sur plusieurs lignes, étrangement désordonnés pour un tel monument. Bien que vétustes, il était évident que le tailleur ne s'était pas beaucoup appliqué pour son ouvrage ; les caractères avaient un aspect très brut et maladroit.

— Oui, tu as raison, reconnut Stacy. Il y a un texte. Tu crois qu'on arriverait à dégager le reste à l'aide des bras robotisés ?

— Je ne suis pas certain que ce texte nous soit d'une grande utilité dans nos recherches, souligna Luis. Il s'agit probablement d'une gravure contemporaine à la réalisation de la statue. Mais rien nous empêche d'essayer.

Il appuya sur l'écran de contrôle et activa le dispositif motorisé. Aussitôt, le bruit d'un moteur électrique se fit entendre et l'un des moniteurs annexes se fragmenta en une vue multiple, offrant deux angles de vision différents pour chaque bras. En moins d'une minute, les extensions articulées étaient prêtes à l'emploi.

— Vas-y mollo quand même, on ne sait pas dans quel état est la matière de cette statue.

L'or, c'est assez solide, pensa Luis. *Même après cinq cents ans sous les eaux.*

L'extrémité du bras s'approcha lentement du puma et, délicatement, Luis entreprit de gratter la mousse qui s'était agrippée aux gravures. Peu à peu, les caractères se dévoilèrent, tous plus énigmatiques les uns que les autres, et les lignes se complétèrent pour former un texte empli de mystères.

— Ça ne nous avance pas beaucoup, marmonna Stacy lorsque l'ensemble du socle fut dégagé.

— Peut-être, mais c'est le seul renseignement que nous offrira ce puma.

— Je vais vous proposer quelque chose, annonça Eddy. Poursuivons notre chemin en direction de Puno et continuons de chercher durant le trajet. Cela devrait nous prendre quelques heures, nous arriverions donc vers la fin de l'après-midi au port. Là, on pourrait aller chez un traducteur pouvant nous donner la signification de ce texte, suite à quoi nous verrons ce qu'il en est. Qu'en pensez-vous ?

Ils restèrent silencieux quelques secondes, évaluant les avantages possibles.

— Rien ne nous empêche de repartir en plongée demain, ajouta-t-il devant leur hésitation. Au moins, nous saurons à quoi nous en tenir avec cette statue.

Alors qu'il prononçait ce mot, Stacy et Luis tournèrent le regard vers le puma d'or, flegmatique.

— Ça m'a l'air pas mal, déclara finalement Stacy. Luis ?

— Ouais, c'est pas mal. Et puis, on pourra se reposer un peu comme ça. Je tombe de fatigue.

— Extra, fit Eddy, satisfait. Prenons quelques photos de la bête avant tout.

Il tapota sur l'écran et activa l'enregistreur visuel. Pendant qu'il s'occupait des images, Luis reporta sur son bloc-notes les coordonnées approximatives que leur fournissait le système GPS du sous-marin et enclencha en dernier lieu les moteurs. L'appareil éclaira d'un dernier faisceau l'antique puma d'or puis s'élança une nouvelle fois vers l'inconnu, glissant silencieusement au cœur des eaux glacées du Titicaca.

CHAPITRE 12

La voûte azurée avait cédé sa place à des tons plus sombres et plus menaçants. De gros nuages gris se formaient sur les hauteurs dominant le Titicaca dont les eaux commençaient à se plisser avec vigueur. Fendant la surface bosselée du lac, une navette touristique glissait innocemment en direction de Puno, en course contre le temps. Nul ne pouvait se douter de l'étrange voyage qu'avait effectué le bateau en approche de la digue portuaire. Et nul ne prêta attention lorsqu'une trappe s'ouvrit sur le toit de l'embarcation, laissant sortir les trois Américains épuisés par le périple sous-marin. Soulagés de retrouver la terre ferme, ils s'apprêtaient à longer le quai quand Luis s'arrêta subitement, le regard figé devant eux.

— Je crois qu'on aura encore du pain sur la planche aujourd'hui, dit-il d'un air sombre.

Près des cabanes touristiques, au bout de l'embarcadère, un homme vêtu d'un complet gris marchait vers eux d'un pas décidé, observant le bateau avec circonspection.

— Mon patron réquisitionne le sous-marin pour une affaire urgente, annonça-t-il en se campant solidement au milieu du passage, bras croisés. Il vous sera impossible de l'employer jusqu'à nouvel avis.

Tous trois se regardèrent, surpris, et Luis prit la parole, indulgent.

— Entendus, nous trouverons une autre occupation en attendant.

— Je ne demandais pas votre accord, ce n'est pas négociable, répliqua sèchement l'homme en costume. Et vous réglez maintenant le montant pour les deux jours d'utilisation. Non négociable également.

— Très bien, je comprends, répondit Luis, tout aussi bienveillant.

— Attends voir ! s'interposa Eddy, mécontent. Si tu crois qu'on va payer quoi que ce soit à cet énergumène sans qu'il me rende ma montre, je peux…

Il s'immobilisa en voyant l'homme brandir le précieux bijou de sa poche.

— Nous y avons pensé. Mais il me faut le cash avant.

Il rangea l'objet à sa place.

— Pour deux jours, ça vous fera 10 000 $.

Luis sentit son cœur s'arrêter.

— 10 000 $! s'exclama-t-il.

— 10 000, moins la caution que vous avez fournie, expliqua l'individu, tout à fait décontracté. Vous devez donc vous acquitter de 9 000 $. Nous vous faisons grâce du forfait pour l'instruction au pilotage.

Dans sa tête, le sang de Luis se mit à bouillonner.

— Non mais… Vous vous foutez de qui là ?! s'écria-t-il. Votre patron avait dit 1 000 $! À quoi vous jouez ?

L'escroc resta tout aussi impassible.

— Je crains que vous n'ayez réellement saisi la nature de notre commerce, Monsieur Kamau. 9 000 $. Cash. Payable jusqu'à 9 h, demain matin.

L'homme de main tourna immédiatement les talons et repartit calmement d'où il était venu, le pas sûr.

Luis, rouge de colère, ramassa une pierre qui traînait sur le bord de la jetée et la précipita devant lui. Le projectile traversa l'espace qui les séparait et heurta violemment le crâne du Péruvien qui s'étala par terre, face contre le sol, un filet de sang à la tempe.

— Luis ! Qu'est-ce que t'as fait !

La terreur même était sortie de la bouche de Stacy, horrifiée devant la victime inconsciente. Jamais elle ne l'avait vraiment vu frapper quelqu'un.

— C'est bon, il est vivant, la rassura Luis en lui prenant le pouls.

— J'espère bien ! Qu'est-ce qui t'as pris ?!

Luis se releva.

— Je n'avais pas l'intention de le tuer, si tu veux savoir. Mais je refuse de nourrir le commerce de ces escrocs !

Il se pencha une nouvelle fois au-dessus de l'homme inanimé, passa la main sous son corps et en retira la montre à Eddy.

— Tiens, prends-la.

Eddy ne broncha pas d'un cil, également surpris par le geste de son ami. Son regard resta figé sur le cadran brillant entre ses doigts.

— Allez ! cria Luis. Prends-la et on se casse !

Eddy s'exécuta et tous trois se hâtèrent vivement le long de l'*Avenida Titicaca*, décidés à quitter les lieux au plus vite. Stacy ne put s'empêcher de se retourner une dernière fois, préoccupée par la silhouette inerte de l'homme en costume.

Toujours autant indigné par le prix exigé, Luis sentait encore le sang cogner contre sa tempe alors qu'ils fuyaient le port. Peu à peu, son esprit s'apaisa, sans doute aidé par le silence de ses deux compagnons.

— Bien, reprit Luis une fois qu'ils eurent atteint les premiers immeubles de la ville, nous devons donc trouver un traducteur pour la suite.

Il marchait d'un pas très rapide et devançait ses amis d'un bon mètre lorsque la voix de Stacy déchira l'air, résolue.

— Luis !

Il poursuivit son chemin, feignant n'avoir rien entendu.

— Arrête-toi !

Cette fois, Luis s'immobilisa. Stacy avait littéralement hurlé, hors d'elle-même.

— Luis, on peut pas continuer comme ça ! Tu n'as jamais été quelqu'un de violent, et là, tu viens presque de tuer quelqu'un ! Comment peux-tu agir ainsi ?

Luis se retourna, le regard froid.

— Je sais ce que je fais, s'exclama-t-il. Pas besoin de me faire la morale !

— Ce type est en train de se vider de son sang ! Il va mourir si on le laisse là et toi, tu continues comme si de rien n'était ?

Elle était en rage, mais lui n'avait pas l'intention de céder.

— Des mecs comme lui, j'en ai agressé des dizaines dans ma jeunesse ! Je te rappelle que j'ai passé quatre ans de ma vie en prison à cause de mes conneries. Mais jamais, jamais je n'ai tué quelqu'un ! Tu entends ?

Ils se toisèrent sombrement.

— Et t'es fier de ce que t'as fait, peut-être ? Avec ton gang, là ?

Un air de dégoût apparut sur le visage de Stacy. Était-ce l'attrait de l'or qui rendait Luis aussi aigri ?

— Je te rappelle que tu es flic, maintenant !

— Ce qui est fait est fait ! On ne peut pas l'effacer !

Quelques secondes s'écoulèrent en silence, et Luis reprit un peu de son calme.

— En tant que flic, je l'aurais arrêté, ce bandit ! Et toute sa bande avec ! Seulement voilà, je suis en civil, et je n'ai rien pour nous défendre. C'était lui ou nous !

Il jeta un regard inquiet autour d'eux.

— Ces voleurs peuvent facilement nous retrouver, ils ne reculent devant rien. Nous devons être prudents.

Stacy resta interdite. Elle savait que son ami avait agi pour les protéger, mais elle n'approuvait pas la méthode.

— Et puis, reprit-il, je peux t'assurer que sa blessure n'est pas grave, il sera vite sur pied. Crois-en ma longue expérience de délinquant et de policier.

Mais le regard de Stacy se faisait toujours aussi noir. Jugeant l'affaire close, Luis se remit en marche, jetant quelques coups d'œil furtifs aux gens qui leur passaient à côté.

— J'espère que ces personnes ne comprennent pas trop l'anglais, sinon nous risquons d'avoir des problèmes.

Il lui semblait en effet que les piétons, alarmés par leurs propos, se retournaient vers eux comme s'ils venaient de tomber sur des criminels.

Sûrement mon imagination qui me joue des tours, se dit Luis pour se rassurer.

Mais derrière lui, Stacy ne démordait pas.

— Fais attention, Luis. Tu n'es pas sur la bonne pente...

Les trois Américains s'enfoncèrent sans mot dire vers le centre-ville et avaient maintenant rejoint l'une des deux artères principales qui traversaient Puno du sud au nord. À leurs côtés, les voitures se succédaient dans un bruit incessant, disparaissant dans les étroites ruelles qui plongeaient au cœur des différents quartiers. Aux abords de la chaussée, quelques vélo-taxis étaient stationnés en attente du client suivant, alors que d'autres se faufilaient tant bien que mal dans la masse de véhicules motorisés. Dressés autour de cette agitation, les immeubles ne dépassaient que rarement les trois étages, et de nombreux fils électriques tissaient ces toiles de cuivre si propres aux villes sud-américaines.

— C'est la prochaine à droite.

Ils franchirent la bruyante avenue et se retrouvèrent dans une rue commerciale beaucoup plus calme où se succédait une multitude de petits magasins. Les piétons défilaient sans crainte au centre de la chaussée, et certains d'entre eux s'aventuraient dans l'une ou l'autre des échoppes aux enseignes attrayantes.

— *Calle Teodoro Valcarcel*. Ça devrait être ici.

Ils prirent l'étroite ruelle indiquée par un autochtone, laquelle s'ouvrait sur leur droite, juste au coin d'un restaurant local. Quelques établissements typiques s'y étaient installés et tentaient d'accrocher les passants avec leurs devantures agressives. Luis s'immobilisa finalement au pied d'un immeuble de quatre étages et vérifia le numéro.

— C'est ici, dit-il en tendant les doigts vers la poignée.

Un poignet rempli de bracelets se posa alors sur son bras, et Luis arrêta son geste. Il reconnut la main de Stacy et se retourna aussitôt.

Stacy le fixait, les yeux emplis d'émoi.

— Ne fais pas l'idiot, cette fois. S'il te plaît.

Il la considéra quelques secondes et acquiesça d'un mouvement de tête entendu avant d'appuyer sur la poignée. Un étroit couloir à l'éclairage plus que modeste s'ouvrait devant eux et menait jusqu'à un escalier. Ils longèrent rapidement les murs, grimpèrent à l'étage et s'arrêtèrent finalement face à la pancarte qui les intéressait.

« Aldego Vancho - *Traducciòn* ».

— Voyons ce que cache notre puma.

Luis adressa un regard jovial à ses amis demeurés en retrait puis poussa la porte. La première chose qu'ils remarquèrent fut l'ambiance chaleureuse qui se dégageait de la pièce, en grand contraste avec le reste de l'immeuble. Face à l'entrée, un bureau en bois clair s'étendait sur presque toute la largeur du local, prêt à accueillir le prochain client. Sur la droite se trouvait un petit coin-salon lumineux agrémenté de quelques plantes vertes, agencé avec une table basse et deux fauteuils en cuir. Contre le mur, une étroite bibliothèque renfermait des magazines et deux rangées de livres, alignés à la perfection.

— ¡ Hola ! déclara une voix joyeuse.

Les Américains aperçurent à ce moment seulement l'homme qui venait de quitter son siège, derrière le comptoir

— Aldego Vancho, que puis-je faire pour vous ?

Le traducteur, la cinquantaine, portait une longue et épaisse chevelure grisonnante nouée en une tresse unique. Sa voix était marquée d'un fort accent latin, et il roulait les R de façon très prononcée.

Luis s'approcha du comptoir, enchanté de tomber sur quelqu'un de sympathique.

— Bonjour, pouvez-vous nous traduire un texte aujourd'hui encore ?

— Ça dépend. Combien de mots ? Quelle langue ?

Le New-Yorkais saisit sa serviette et en retira une photo imprimée.

— À vous de juger, répondit-il en déposant l'image du puma face au Péruvien.

L'homme plissa les yeux, examina le document pendant un moment puis prit soudain un air stupéfait.

— ¡ *Increìble* ! s'exclama-t-il en approchant son visage à quelques centimètres du cliché. Où avez-vous trouvé ça ?

— Ce serait long à expliquer, commenta Eddy, mais disons que c'est le fruit du hasard.

— ¡ *Estupendo* !

Aldego Vancho s'était emparé de l'image et en contemplait chaque détail, exprimant toutes les cinq secondes une nouvelle admiration.

— ¡ *Fantàstico* !

Les Américains échangèrent un regard amusé.

— Combien de temps avez-vous besoin pour déchiffrer ces inscriptions ? demanda Luis, tentant de recadrer le traducteur.

Ce dernier posa la feuille sur le pupitre mais ne cessa de la fixer.

— Bueno, le texte n'est pas bien long, je peux vous le faire aujourd'hui même.

Il redressa le regard vers eux.

— Ça ressemble fortement à de l'espagnol, et je connais très bien cette langue. Je n'en aurai pas pour très longtemps. *Obstante*…

Il tapota sur la photo avec son index.

— Les caractères sont durs à déchiffrer. La statue en soi est dans un état de conservation remarquable, mais les inscriptions semblent endommagées. On dirait que le tailleur était pressé de finir son travail.

Luis, Eddy et Stacy se concertèrent du regard. Cette supposition pouvait tout à fait correspondre à ce qui s'était passé en 1533 selon leurs recherches.

— Pero, poursuivit Aldego, je dois pouvoir vous fournir quelque chose d'ici peu. Installez-vous un moment, je vous prie.

Il désigna les fauteuils au pied de la bibliothèque et apporta une chaise supplémentaire.

— Merci.

On ne pouvait pas espérer mieux, se félicita Luis, séduit à l'idée d'en apprendre davantage sur le texte.

Aldego ramassa quelques objets sur son bureau, puis disparut dans une autre pièce, masquée par un mur de classeurs soigneusement rangés. Un étrange silence s'installa alors, silence mêlé d'impatience, d'excitation et de fatigue. Très vite, Eddy s'empara d'un magazine qu'il commença à consulter.

Il essaie de donner le change, sourit Luis en observant d'un air amusé le journal que son ami tenait à l'envers. *Il a tellement hâte qu'on découvre quelque chose. Rien n'est plus important pour lui que ce que nous dira cette statue.*

Après ses multiples débâcles économiques, Eddy ne pouvait rester insensible au moment de faire un grand pas en avant vers l'un des plus fabuleux trésors de l'histoire. L'excitation qui animait le trio était palpable bien au-delà du ton de leur voix. La puissance évoquée par l'or inca allumait littéralement leurs yeux, et sans doute Aldego l'avait-il ressenti lui aussi.

— Vous croyez qu'il s'agit d'un indice ? demanda soudainement Stacy.

Eddy fit mine de ne rien entendre et Luis se contenta de hausser les épaules.

Que pouvaient bien receler ces gravures ?

Il n'en savait rien, mais un détail l'avait troublé. Selon Aldego, les signes semblaient latins : il avait clairement reconnu des mots espagnols. Or, comment une statue précolombienne pouvait-elle se retrouver au fond d'un lac, munie d'inscriptions européennes ? Luis ne voyait que deux solutions possibles à cette énigme : soit une première expédition antérieure à 1492 était parvenue jusqu'au Pérou, soit l'ensemble du puma avait été réalisé après la venue des colons. Seule une analyse poussée du matériau permettrait de confirmer ces hypothèses, mais ils ne disposaient pas de l'équipement adéquat pour extraire ce puma du Titicaca...

Finalement, après une interminable attente, le traducteur réapparut en vitesse dans la pièce, tout excité.

— ¡ *Fantastico ! Es realmente increìble !*

Il tendit à Luis une feuille, lequel la parcourut rapidement du regard. Pendant ce temps, le Péruvien continuait de s'extasier, proférant mille mots et merveilles.

— C'est vraiment ce que ça dit ? demanda Luis quand il eut fini sa brève lecture.

— *Si, Señor !*

Aldego se pencha à nouveau sur le texte.

— Qu'est-ce que ça veut dire ? questionna alors Luis plus pour lui-même qu'en attente d'une véritable réponse.

— *Lo pregunto vosotros.* Où avez-vous trouvé cet objet ?

Luis leva les yeux vers lui et le fixa sombrement.

— Ça ne vous regarde pas. Et maintenant, si vous le voulez bien, nous souhaiterions récupérer la photo et vous payer.

Il se leva, suivi par Eddy et Stacy.

— Et autre chose : vous n'avez jamais vu ce texte.

À ces mots, toute l'euphorie qui illuminait le visage du traducteur s'envola et son regard se fit perçant.

— ¡ *Muy bien !* dit-il. Venez par là. ¡ *Venid !*

Il se retourna, marcha d'un pas vif et disparut derrière son bureau. Il tira une feuille d'un tiroir, y griffonna rapidement quelques mots, à demi penché sur son poste de travail, puis tendit d'un geste brusque le document à Luis.

— ¡ *Firma !* ordonna l'homme à la queue de cheval en plaquant sèchement un stylo sur le comptoir d'accueil.

Luis sursauta. Pourquoi était-il soudainement devenu si froid ? L'Américain examina le papier et s'arrêta sur le montant indiqué.

— 400 $? s'exclama-t-il, indigné. Vous êtes sûr que c'est juste ?

— ¡ *Cierto* ! répliqua-t-il. Je traduis les textes, pas les images !

Étonné, Luis jeta un coup d'œil à Eddy, mais se résolut finalement à signer. Après tout, les caractères de la photo n'étaient pas évidents à déchiffrer.

— Puis-je payer par carte ?

L'homme lui lança un regard noir, comme si le simple fait de déployer son appareil lui coûtait tous les efforts du monde, puis il ouvrit un tiroir, sortit le lecteur qu'il abattit sauvagement devant lui, faisant sursauter Stacy.

Une fois la transaction enregistrée, Aldego Vancho récupéra la machine et referma le meuble d'un claquement sec avant de disparaître dans la pièce d'à côté.

— Curieuse, l'attitude de ce bonhomme, releva Stacy alors qu'ils s'apprêtaient à quitter le bâtiment. Il avait l'air tellement enthousiaste, et tout d'un coup, plus rien. Le froid polaire…

— Il ne nous a même pas dit au revoir, fit remarquer Eddy.

Ils franchirent la porte de l'immeuble, surgissant à nouveau dans la petite rue Teodoro Valcarcel.

— Peu importe, dit Luis, flegmatique. Nous avons ce que nous voulons. Et même plus.

Luis s'arrêta et sortit le document de son sac pour le donner à ses amis.

— Regardez.

Il tendit à Stacy et Eddy le court texte imprimé qu'avait rédigé Aldego Vancho, observant avec amusement leur visage pendant qu'ils lisaient.

L'avidité détruit toute dignité. Puissent vos navires chargés de notre or suivre le même chemin que ce puma durant votre retour à

Tunis. Alors, tout reviendra à l'eau, comme au commencement.
1533

Stacy fronça les sourcils.
— Drôle de gravure…
— On dirait une sorte de menace, dit Eddy, l'air sombre. Comme une malédiction.

Luis secoua la tête. Une étrange euphorie l'avait envahi, et il avait désormais du mal à garder son calme.
— C'est un indice ! Nous avons trouvé un indice ! Personne n'est jamais allé aussi loin dans cette quête !

Il les regarda à tour de rôle, complètement excité par la tournure des événements, mais ses amis ne partageaient pas son ardeur.
— Personne, à part les Tunisiens, répliqua Stacy, sceptique. Pourquoi est-il fait mention de Tunis ici ? Cette ville n'a rien à voir avec Pizarro.
— Oui, c'est ce qui m'interpelle également, reconnut Luis en récupérant le texte. Pizarro était espagnol, et l'Espagne faisait partie du Saint-Empire Romain Germanique, dirigé par Charles Quint. À ma connaissance, la Tunisie n'était pas comprise dans cet empire, bien qu'elle entretenait des relations courantes avec. De là à ce que l'empereur leur confie tout un trésor…

Il se tut un moment, le regard perdu sur sa feuille.
— C'est bizarre…

Il parcourut le papier une deuxième fois en essayant de lire entre les lignes, persuadé qu'un second sens était caché quelque part.
— Ce qui est le plus étrange, c'est que ces phrases semblent avoir été inscrites sur le puma par les Incas eux-mêmes, au vu de ce qui y est annoncé. Or, les Incas ne connaissaient pas l'écriture. Comment ont-ils pu s'adonner à l'exercice difficile qu'est la gravure d'un texte ?

Stacy et Eddy s'échangèrent un regard étonné.
— Et surtout, poursuivit Luis, pourquoi ? Quel est le but de ce

texte ? Pourquoi s'est-il retrouvé au fond de ce lac ?

Il réfléchit quelques minutes, étudiant sous tous les angles la maigre feuille qui leur servait de piste. Finalement, il ressortit la photo de la statue et tenta diverses combinaisons dans sa tête en déchiffrant les mots, alignant une fois les premières lettres de chaque mot, une autre fois les syllabes, une autre fois encore les derniers caractères. Mais aucune lecture alternative ne paraissait réalisable.

Luis se remit en route.

— Je n'y connais pas grand-chose à l'espagnol, murmura-t-il après un bon moment, tout ça ne semble pas avoir de sens…

Il glissa à nouveau les deux papiers dans son sac.

— Je ne vois que deux solutions possibles. Soit le puma a été transporté en même temps que le trésor jeté dans le lac, lequel se trouverait donc toujours vers la statue, soit notre félin occupait une barque à lui tout seul, et elle se serait renversée. Dans ce cas-là, l'or se situe ailleurs.

Eddy mit aussitôt fin au doute.

— Il n'y avait rien d'autre autour du puma. Simplement des cailloux et ce squelette, là…

Ils firent encore quelques pas, puis Luis s'immobilisa soudainement. Pendant un court instant, il semblait s'être lui-même changé en statue, mais son visage s'illumina tout à coup.

— Le squelette ! Eddy, t'es un génie !

Luis se retourna vivement vers ses amis et s'aperçut que Stacy tirait une grimace.

— Qu'est-ce que ce mort a à voir avec notre trésor ?

— C'est simple, expliqua-t-il. Souvenez-vous. Ce pauvre bougre avait les pieds et les mains attachées. Cela veut dire qu'il a été capturé ! Son corps gît à quelques pas du puma seulement. Ce n'est peut-être qu'une coïncidence, mais à supposer que cet individu était un prisonnier…

Le visage d'Eddy s'éclaircit à son tour.

— C'est ça ! s'exclama-t-il. Les Incas ont dû attraper un Espagnol et le sacrifier ! On a déjà retrouvé des corps humains offerts aux divinités dans le Titicaca.

Luis secoua la tête.

— Pas sacrifié. Exécuté.

— Quelle différence ? commenta Stacy.

— Je pense que cet homme était effectivement espagnol. Il a sans doute bel et bien été capturé par les Incas, mais ceux-ci se sont ensuite servis de lui pour marquer le message sur la statue, puisqu'eux même étaient incapables de le faire : ils ne connaissaient ni l'écriture, ni la langue des conquistadors. Une fois le travail achevé, les Amérindiens ont livré le puma aux troupes de Pizarro et se sont débarrassés de leur prisonnier en le jetant à l'eau.

Eddy et Stacy étudièrent son hypothèse quelques secondes.

— C'est possible, mais dans ce cas, pourquoi la statue se trouve-t-elle au fond du Titicaca ?

Luis prit encore quelques secondes de réflexion.

— Le texte nous le dit : puissent vos navires suivre le même chemin que ce puma… Elle a été volontairement précipitée dans le lac. Peut-être était-ce une façon pour les Incas de remettre aux dieux le souhait qui y est inscrit, dans l'espoir qu'il se réalise ?

Une moto pétarda derrière eux, juste devant l'immeuble d'où ils étaient sortis quelques minutes auparavant, brisant net le silence qui avait suivi leurs suppositions.

— Et du coup ? demanda Stacy.

— Du coup, le trésor n'est pas dans le lac, répondit Luis, naturellement. Les dernières barques chargées d'or ont sûrement traversé le Titicaca avant le puma. Nous devons donc aller à Tunis.

Eddy ne perdit pas un instant de plus.

— Alors qu'est-ce qu'on attend ? C'est parti !

À ce moment, toute la vivacité qui émanait de Luis s'estompa. Son regard se vida soudainement de toute la gaieté qui s'y trouvait et se dissipa sur la chaussée devant eux, plongeant ses deux amis dans un désarroi troublant.

— Quelque chose ne va pas ? s'inquiéta Stacy en posant une main tendre sur son épaule.

Il ferma les yeux, pris de vertige.

— Je ne peux pas continuer plus loin, dit-il péniblement.

Comment expliquer ce qu'il ressentait ?

Bien sûr, il était heureux d'avoir retrouvé la piste du trésor. Ils pouvaient maintenant très concrètement envisager la suite de l'expédition puisqu'ils détenaient des informations inédites. Seulement, il ne cessait de songer à son travail.

Il avait toujours mené une vie bien équilibrée, propulsée d'un côté par sa passion dévorante et de l'autre par son activité professionnelle palpitante. Ces deux moteurs s'étaient accordés ensemble jour après jour mais, en ce moment, ils étaient enrayés l'un et l'autre. Lorsque l'un des deux crachotait, c'était le second qui s'emballait. Chaque nouvel élan de l'un retenait le second, et Luis savait que ce rythme cahotant finirait tôt ou tard par lui provoquer des problèmes.

Il fallait arrêter l'un des deux. Maintenant.

— Qu'est-ce que tu racontes ? s'exclama Eddy, choqué.

Luis s'attendait à une telle réaction, mais celle-ci était pour lui comme le tranchant d'un rasoir, comme une incision dans son cœur.

— Je ne peux pas continuer, c'est impossible, répéta-t-il sans changer de ton. J'ai quitté New York sans avertir personne, et ça fait déjà plusieurs jours que je manque à mon poste.

— Mais on ne peut pas s'arrêter maintenant, s'empressa de répondre Eddy, emballé par l'indice fraîchement découvert. Personne n'est jamais allé aussi loin que nous, c'est pas le moment de reculer !

Luis ferma les yeux à nouveau, comme pour repousser la rancœur que lui laissait son renoncement.

— Je suis désolé, Ed. C'est impossible. Je dois retourner bosser.

Sa voix tremblante d'émotion eût pu raisonner n'importe qui, mais Stacy se révéla intransigeante.

— Luis, tu dois assumer tes choix !

Il releva la tête et la dévisagea, frappé par son ton empreint de colère.

— Tu savais très bien qu'une chasse au trésor ne se faisait pas en quelques heures, et pourtant, tu as décidé de partir du jour au lendemain ! Tu ne peux pas sans cesse changer d'avis !

Luis sentit ses yeux s'embrumer. Annoncer sa résolution lui coûtait autant que d'en accepter les conséquences.

— Si, je peux, répondit Luis. Je le dois, même.

Depuis toujours, il s'était plongé dans les livres historiques, et ce soir-là, au Jackson's, il s'était enfin engagé à se lancer lui-même concrètement dans l'Histoire. À l'idée de débuter les recherches de l'or inca, une euphorie inouïe l'avait envahi. Seulement, l'excitation du départ avait occulté son devoir professionnel, et maintenant que l'aventure se prolongeait à plus long terme, le voile idyllique s'envolait d'un coup, comme chassé par une violente bourrasque.

— Stacy, j'ai des obligations envers mes collègues, je ne peux pas me perm…

— Des obligations ?

Elle le considéra avec mépris.

— Tu as toi-même avoué que tu voulais changer de vie ! C'est comme ça que tu remplis tes obligations ?

— Non, et c'est bien là mon erreur. Jamais je n'aurais dû abandonner mes fonctions.

— Luis, reprit-elle plus calmement, tu penses vraiment que tes supérieurs ne vont rien te demander après ces mystérieuses absences ?

— Je n'y peux rien, se défendit-il. Il y avait comme… Je ne sais pas. Une force, ou quelque chose comme ça, qui me disait de tout lâcher. C'était plus fort que moi. Eddy, tu connais ça aussi. Pas vrai ?

Son ami fut pris au dépourvu. Stacy occupait une grande place dans le débat, il s'était senti mis à l'écart.

— Ed, tu as été le premier à t'investir pour ce trésor. Son enchantement t'a littéralement envahi dès le moment où tu en as entendu parler. Tu étais tellement emporté par cette perspective que tu ne voulais plus rien savoir d'autre.

Il se tourna à nouveau vers Stacy.

— C'est exactement ce qui m'est arrivé, à quelques heures de différence près. J'ai toujours souhaité pouvoir explorer des lieux antiques pour y découvrir les merveilles qui s'y cachent. Cette occasion s'est présentée l'autre jour, et je l'ai saisie. Tu sais autant que moi à quel point j'ai besoin de ce contact avec le passé et crois-moi, je suis le premier à être blessé de devoir y renoncer. Mais le devoir m'appelle, j'ai déliré trop longtemps ces dernières heures. Je dois retrouver mon travail.

Il se tut quelques secondes, jetant un coup d'œil à Eddy.

— Sans travail, on ne vit pas.

— Luis ! s'écria Stacy. Tu es dans la police, merde ! Tu n'as pas le droit de t'absenter ainsi ! Ils t'ont sûrement déjà viré !

— Pourquoi est-ce que tu dois à chaque fois t'énerver lorsqu'il s'agit de mon boulot ? s'exclama Luis, agacé. C'est la vie, on doit travailler !

— Non, c'est pas la vie ! Tu as fait le choix de disparaître, alors assume tes erreurs !

— Et c'est ce que je fais ! J'ai beaucoup trop enfreint la légalité depuis notre départ, je ne veux plus commettre d'autres infractions ! Je rentre à New York, et on verra bien ce qu'ils me diront.

Il se retourna et commença à marcher d'un pas rapide, décidé à ne plus changer d'avis.

— Cette expédition m'a déjà bien trop coûté, marmonna-t-il pour lui-même, je ne peux pas risquer mon travail un jour de plus.

— Luis ! rugit Stacy, sur ses talons. Tu es sûrement déjà renvoyé ! Tu crois qu'ils vont te laisser une deuxième chance avec un passé comme le tien ?

Il s'arrêta net.

Un passé comme le mien...

Ses erreurs de jeunesse semblaient avoir disparu, mais au fond de lui, il savait qu'elles lui colleraient à la peau jusqu'à la fin de sa carrière. Ses supérieurs avaient fait beaucoup d'exceptions en l'engageant dans la brigade, mais ils se montreraient intransigeants envers lui au moindre dérapage. Aucun faux pas ne lui était permis, et il était déjà trop loin du chemin qu'il aurait dû suivre.

— À quoi ça t'avancera de rentrer ? Tu regretteras de nous avoir obligés à rompre cette aventure !

Même en retournant maintenant à New York, son poste était sûrement compromis. Stacy et Eddy, en revanche, étaient les seules personnes en qui il pouvait réellement se confier et sur qui il pouvait compter.

Mais tous deux m'en voudraient si nous abandonnions aujourd'hui...
Et pour rien au monde Luis ne désirait ternir ses amitiés.

— Tu as raison. Je ne peux pas vous imposer ça.

Un sourire s'esquissa entre les joues de Stacy.

— On va faire comme ça, dit-il. Je vous paie la suite du voyage et moi je rentre à New York. De cette façon, tout le monde est satisfait.

À ces mots, Stacy vira au rouge et jeta violemment son sac à terre.

— Luis ! Tu n'as rien compris ! C'est avec toi, sinon rien ! Nous avons commencé ensemble, nous finirons ensemble !

— Je dois rentrer ! Je peux pas partir du principe qu'ils m'ont déjà renvoyé, c'est totalement irresponsable !

Il s'attendait à une nouvelle réplique de sa part, mais il n'en fut rien. Une vague d'amertume envahit son amie, et Luis perçut le changement dans sa voix.

— Je pensais que tu avais réalisé ce qui comptait vraiment dans la vie, dit-elle, une bouffée de tristesse montant en elle. Je vois que ce n'était qu'une illusion ! Je ne crois pas que je supporterais une seconde fois d'être abandonnée de la sorte !

À ces mots, Luis revécut désagréablement les situations qui les avaient confrontés tous les deux, quelques années auparavant. Stacy avait alors failli disparaître de son existence.

Pour toujours.

Aujourd'hui, une fois encore, le même dilemme rongeait l'esprit de

Luis. D'un côté, il risquait de perdre son travail, travail qu'il avait tant de chance de pratiquer étant donné ses délits passés, mais de l'autre, c'était la reconnaissance de ses amis qui pouvait s'envoler.

Mais sans argent, rien n'est possible, répéta une voix dans sa tête. *Et seul mon métier permet d'en obtenir.*

— Écoute, reprit Luis d'un air désolé, ce n'est pas contre toi, Stacy, mais le devoir, c'est le devoir.

Elle ne répondit pas tout de suite, et semblait réfléchir à ce qu'il venait de dire. L'espace d'un instant, Luis crut qu'elle revenait enfin à la raison.

Puis il aperçut la larme. Petite. Discrète. Elle s'écoula le long de sa joue et glissa sous son menton, disparaissant finalement sous la longue chevelure.

— OK, fit-elle, la voix tremblante. Je vais te dire encore une chose.

Luis vit ses yeux se remplir d'humidité et réalisa qu'elle luttait de toutes ses forces pour ne pas laisser échapper ces larmes.

— Rappelle-toi... Rappelle-toi comme tu étais misérable, derrière tes barreaux de prison. Rappelle-toi comment on s'est rencontré, lorsque j'accompagnais Eddy durant ses visites. Tu y arrives ?

Luis s'apprêtait à lui répondre, mais Stacy n'attendait pas de commentaire de sa part.

— Souviens-toi de mon père. Souviens-toi que c'est grâce à lui que tu as pu t'en sortir ! C'est grâce à lui que tu as pu faire carrière dans la police !

Luis n'avait pas oublié. George Cooper — pourtant bien placé au FBI — lui avait toujours témoigné une grande sympathie, malgré tout ce que Luis avait pu faire d'illégal. Il savait à quel point l'amitié de George avec le commissaire d'admission des recrues l'avait aidé, et il savait comment George avait insisté pour défendre sa cause et convaincre les responsables de la brigade qu'il n'était pas un mauvais gars. Pour sûr, c'était grâce à lui que Luis était aujourd'hui au NYPD.

— Alors, reprit-elle, la voix encore plus tremblante, et l'ensemble de son corps semblait parcouru de secousses. Fais-ce que tu veux,

Luis, mais souviens-toi d'une chose : mon père aussi avait un devoir : celui d'arrêter les criminels. Il avait un devoir, et il est passé outre !

Elle éclata en pleurs, incapable de retenir plus longtemps son émotion. Une vive compassion traversa Luis, profondément bouleversé par ce souvenir.

— Et maintenant qu'il est mort, dit-elle entre deux sanglots, maintenant qu'il est mort, le plus beau des devoirs serait de soutenir sa fille !

Elle plongea la tête entre ses mains, terrassée par le flot de chagrin qui l'emportait. Tout semblait s'anéantir autour d'elle. Eddy et Luis s'effaçaient, dissous par le malheur. Les immeubles de la ville s'écroulaient dans un fracas imperceptible, écrasant les voitures sous une pluie de débris désolante. Les fragments de la souffrance... Le soleil explosa, soufflant les nuages au-delà des astres les plus lointains. Les ténèbres s'installèrent, abyssales, insondables comme la plus obscure des grottes.

Stacy, pliée en deux, se laissa abattre, déchirée par la douleur.

La douleur de penser à son père.

La douleur de voir Luis faire le mauvais choix une fois de plus.

Remerciements

Je tiens à remercier toutes les personnes qui m'ont soutenu dans ce projet d'écriture, ainsi que toutes celles qui y ont contribué en conseils, lectures, corrections et autres démarches visant à pousser cet ouvrage vers sa publication. Je ne les citerai pas individuellement, mais elles sauront se reconnaître en lisant ces dernières lignes.